트라우마

트라우마

1판 1쇄 2023년 2월 15일

글 김하은

펴낸이 모계영 펴낸곳 가치창조 출판등록 제406-2012-000041호
주소 경기도 고양시 일산동구 중앙로1347, 228호(장항동,쌍용플래티넘)
전화 070-7733-3227 팩스 031-916-2375 이메일 shwimbook@hanmail.net
ISBN 978-89-6301-298-8 (43810)

가치창조 공식 블로그 http://blog.naver.com/gachi2012
단비청소년은 가치창조 출판그룹의 청소년책 전문 브랜드입니다.

트라우마

김하은 글

단비청소년

차례

썰물 게임

쿵쿵, 세희는 걸음을 멈췄다. 쿵쿵쿵, 규칙적인 소리가 땅을 타고 울렸다. 소리는 발바닥을 붙잡았고, 그다음에는 몸통을 마비시켰고, 심장을 옥죄었다. 가슴이 조이고 숨이 가빴다. 가슴을 부여잡고 숨을 몰아쉬었다. 이대로 두면 앞이 안 보이다가 정신을 잃는다. 한 달 전에도 길에서 정신을 잃어 구급차를 탔다. 그때 엄마는 학교를 그만두라고 했다. 하지만 세희는 단호하게 고개를 흔들었다. 어르고 달래던 엄마는 그럼 제발 약부터 먹으라고 울면서 부탁했다.

세희는 부들부들 떨면서 고개를 돌렸다. 못 보던 간판이 눈에 띄었다. 지하 빈티지 숍 자리에 들어선 라이브 카페에서 크게 튼

음악 소리였다. 베이스와 드럼 비트가 강하게 들렸다. 신경을 긁고 몸을 무겁게 하고 마음을 부숴 버리는 소리다. 비트들이 돌멩이처럼 날아와 세희를 공격했다.

가방 앞주머니에서 휴대용 약병을 꺼냈다. 덜덜 떨리는 손으로 뚜껑을 어렵사리 열었다. 물이 없어서 약부터 먼저 삼켰다. 이 약은 중학교 다닐 때부터 먹었던 것 같다. 무슨 일로 먹기 시작했는지는 생각나지 않는다. 마치 칼로 도려낸 듯 기억 속에서 그 부분만 삭제된 상태다. 세희는 쿵쿵쿵 소리를 외면하려고 애쓰며 숨소리에 집중했다. 지금은 오직 숨을 제대로 쉬어야 한다. 쌔액쌔액 숨이 널뛰었다.

쿵쿵. 저 소리를 멈추게 하고 싶다.

쿵쿵쿵. 귀를 막아도 소리가 들렸다.

쿵쿵, 쿵쿵쿵. 음악 따위, 세상에서 사라졌으면 좋겠다.

세희는 비틀거리며 편의점으로 향했다. 너덧 걸음이면 갈 거리인데, 발이 말을 듣지 않았다. 입안이 조금씩 말랐다. 물이 간절했다.

쿵쿵쿵. 제발, 누구든 저 음악을 껐으면 좋겠다.

겨우 편의점으로 들어섰다. 세희는 생수병을 꺼내서 계산대로 갔다. 계산을 끝마치고 돌아서던 남학생이 세희를 알아보았다.

"어?"

같은 반 문중식이었다. 중식은 옆구리에 스케이트보드를 끼고 있었다. 세희는 안녕이라고 말하고 싶었다. 하지만 안면 근육이 굳어서 말이 제대로 나오지 않았다.

"아, 아녕……."

안녕도 아니고, 안영도 아닌 어정쩡한 말이 흘러나왔다. 당황한 세희는 잡고 있던 생수병을 놓쳤다. 바닥으로 털썩 떨어진 병을 중식이 주워 세희에게 건넸다. 세희는 그 병을 다시 놓쳤다. 손에 힘이 들어가지 않았다. 중식이 뚜껑을 따서 건넸다.

중식은 테이블에 앉아 삼각김밥을 먹었고, 세희는 조금 떨어진 곳에 서서 물을 마셨다. 덜덜 떨면서 물을 마시던 세희는 귀를 쫑긋 세웠다. 중식이 작은 소리로 한바탕 욕을 쏟아 내고 있었다. 세희에게 하는 욕 같기도 하고, 다른 사람에게 하는 것 같기도 했다.

세희는 소음 방지용 귀마개를 사서 편의점을 나갔다. 편의점 밖은 여전히 시끄러웠다. 세희는 귀마개를 하고 두 손으로 귀를 막았다. 쿵쿵쿵 소리와 함께 중식이 내뱉은 욕이 귀를 뚫고 들어왔다. 중식은 있는 듯 없는 듯 지냈기 때문에 그가 하는 욕을 직접 들은 건 처음이었다. 중식이 원래부터 욕을 잘했는지 알 수 없지만, 최근 들어서 심해진 건 분명했다. 지난 두 달 동안 일어난 일들은 사람을 바꾸기에 충분했다.

"빌어먹을!"

세희는 굳은 근육이 풀어지자 이 말을 시작으로 욕 몇 개를 빠르게 내뱉었다. 이 또한 예전에는 하지 않던 행동이었다. 기분이 좋아지기는커녕 더 가라앉았다.

중간 키의 오천을 관찰하기에는 세희가 앉은 뒷자리가 유리했다. 오천은 수학 시간에 꾸벅꾸벅 졸았고, 체육 시간에는 몸이 가벼웠다. 회장인 최남혁과 자주 소곤거렸고, 같은 반 친구들에겐 모나게 굴지 않았다. 그리고 세희와 자주 눈길을 마주쳤다. 세희는 오천이 자신을 보면서 벙긋 웃을 때마다 고개를 떨구었다.

"세희야, 남자 친구는 고등학교 졸업한 뒤에 사귀어야 해. 엄마랑 약속해."

"그건 엄마 말이 맞아."

엄마와 아빠는 세희가 하고 싶다는 건 다 들어주었지만, 남자 친구라는 말에는 알레르기 반응을 보였다. 같은 반 친구들 이야기를 하다가 남자의 이름이 두 번 이상 언급되면 엄마는 두 손을 모으고 긴장한 채 그 애를 좋아하느냐고 물었다. 처음에는 웃어 넘겼지만, 엄마와 아빠가 보이는 반응이 조금 유별나서 짜증이 날 때도 있다.

그런데도 오천에겐 자꾸 시선이 갔다. 오천이 소리 없이 웃을 때, 큰 눈을 깜박일 때, 가슴이 쿵쿵 뛰었다. 혹시 오천을 좋아하는 걸까? 그래도 될까? 낯설면서 두근거리고 설렜다. 누군가를 보고 가슴이 뛰는 경우는 처음이었다. 아니, 처음인 것 같았다.

"그만 봐. 닳겠다."

쉬는 시간에 짝인 편다인이 세희를 툭 쳤다.

"뭘?"

"툭하면 재 쳐다보잖아. 누가 모를 줄 알고?"

다인은 눈치가 빨랐다. 일주일 전에 전학을 왔는데, 세희가 반 친구들과 데면데면하게 지내는 걸 반나절 만에 알아차렸다. 그리고 사흘 전에는 짝까지 바꿨다. 세희 짝이었던 백지숙은 흔쾌히 황지현 옆으로 자리를 바꿨다.

세희는 친하게 지내자며 달라붙는 다인이 귀찮으면서 한편으로는 좋았다. 다인에게 친구가 많은 점은 마음에 들었다. 물론, 노래를 즐겨 듣는 취미는 마음에 안 들었다. 쿵쿵, 비트가 이어폰 밖으로 흘러나오면 세희는 귀마개를 틀어막았다. 같은 반 친구들과는 아직 서먹서먹하고 어려웠다. 김 박사는 세희에게 힘들면 학교를 그만 다니라고 했다. 하지만 세희는 힘들어도 학교에 다니고 싶었다.

"그렇게 우물쭈물하다간 도망간다."

다인이 소곤거렸다.

"쓸데없는 소리, 그런 거 아냐."

"아니긴! 며칠 전부터 눈에서 레이저가 나오던데."

"……."

"모르는 척할까?"

다인이 짓궂은 표정으로 물었다.

"응."

세희는 퉁명스럽게 대답하면서 교과서 책장을 펄럭거렸다. 그러나 말투만으로 빨갛게 달아오른 뺨을 감출 수 없었다. 세희는 다인이 보지 못하게 고개를 돌린 채 벌떡 일어났다. 화장실에서 세수하면 좀 나을 듯했다.

"같이 가!"

다인이 따라왔다. 수업이 시작하기 전에 후딱 다녀오려면 시간이 빠듯했다. 복도를 뛰어가던 두 사람 앞에 탁정권이 불쑥 나타났다.

"윽!"

하필 정권의 팔꿈치가 다인의 가슴을 찍었다. 다인이 허리를 꺾었다.

"아, 미안."

정권은 대충 사과하고는 가던 방향으로 걸었다. 다인이 신발장을 붙잡았다.

"괜찮아?"

"그날이 곧 와서, 엄청 아파."

다인이 상반신을 수그린 채 가슴에 손을 얹었다. 세희도 생리를 앞두면 가슴이 부풀어서 힘들었다. 그럴 때 가슴이 부딪히거나 뛰면 통증을 느낀다. 피구 할 때 가슴을 맞았는데 하필 생리 전이라 그 자리에 주저앉아 엉엉 울기도 했다.

휴대폰이 진동했다. 다인을 달래던 세희는 휴대폰으로 온 메시지를 보고 입술을 꽉 깨물었다. 싸킹이 메시지를 보냈다. 그렇다면 오늘 저녁, 다시 게임이 열릴 것이다.

곧바로 수업 종이 울렸다. 두 사람은 화장실에 못 가고 걸음을 되돌렸다. 정권은 그때까지 뒷문에 서서 다인이 문을 통과할 때까지 있었다. 정권이 다인을 아래위로 훑어보는 시선이 마음에 안 들었다. 세희가 쏘아보자 정권이 시선을 거두었다.

교실 공기가 팽팽했다. 빈틈을 허용하지 않고, 다른 사람이 어떻든 내가 아니길 바라고, 이 중에 누구든 그를 혼내 줄 각오가 가득했다. 일주일만이었다.

"무슨 일이야? 분위기가 왜 이래?"

다인이 물었다. 다인이 전학 온 뒤 처음 일어난 일이었다. 세희는 어디에서 어디까지 이야기할지 잠깐 고민했다. 그러나 몇 시간 뒤에 겪게 될 일이니 미리 다 알릴 필요는 없었다.

"아무도 모르거나, 몇 명만 알거나. 하지만 조심해야 해."

"뭘?"

국어 선생이 교탁에 출석부를 내려놓았다. 세희는 입을 다물고 재빨리 반 친구들을 둘러보았다. 여전히 싸킹이 누구라고 콕 찍기 힘들었다.

"뭘?"

다인이 거듭 물었다.

"싸킹의 썰물 게임."

세희가 속삭였다.

"썰물 게임? 싸킹?"

다인의 목소리는 해맑았다. 아무것도 모르는, 아직 경험하지 않은 목소리였다. 세희는 다인이 겪을 게임을 상상하며 부르르 떨었다. 싸킹이라는 단어를 떠올리면 체감 온도가 2도에서 3도 정도 떨어졌다.

"조용!"

국어 선생이 눈을 흡뜨고 교실을 돌아보았다.

세희는 교과서를 보는 척했다. 글자가 눈에 들어오지 않았다. 아주 길고 으스스한 저녁이 될 것 같았다.

4

처음 싸킹이 초대한 날을 기억한다. '싸킹'이라는 닉네임이 장황한 소개 글과 함께 오픈 채팅방 링크를 보냈다.

- 스트레스를 확 날리자! 같이 답답하고 억울한 마음을 날리자! 3반 학생들은 누구나 참여할 수 있고 자정이 되면 저절로 닫힘.

대한민국에서 대학 입학을 목표로 삼은 학생이라면 스트레스가 필수품이었다. 빠르면 빠를수록 좋다는 은근한 압박이 사방에서 들어왔다. 배우고 익히는 모든 것이 대학 입시와 관련된 것이었고, 종착역이 대학인 열차를 타고 달릴 뿐이었다. 가끔 간이 역에 정차하지만, 정차 시간은 길지 않았다. 남들보다 길게 쉬면 그만큼 뒤처진다는 압박을 받았고, 공부를 잘하든 못하든 스트레스는 비슷했다. 간혹 그 열차에서 내려 오래 쉬거나 아예 기차를 벗어나는 사람들도 있었다.

세희에겐 또 다른 스트레스가 있었다. 불안을 털어놓을 수 있는 사람은 김 박사뿐이었는데, 요즘은 김 박사를 만나도 불편했다. 세희는 정신건강과에서 상담을 받았다. 세희는 자신이 겪는 불편을 김 박사에게 모두 털어놓았지만, 김 박사는 세희에 대해 알고 있는 것을 다 말하지 않았다.

"왜 안 알려 주세요?"

"환자분이 떠올리기 싫어하는 기억을 제가 말할 순 없어요."

"제가 떠올리기 싫어한다고요?"

"임세희 님, 인간은 자신을 지키기 위해 기억을 묻어두기도 한답니다."

"그런데, 기억조차 없는데 왜 어떤 음악이나 소리에 제가 반응을 하나요?"

"트라우마 때문이죠. 아주 깊게 묻어둔 기억의 흔적이 반응하는 겁니다."

"그럼 평생 이렇게 살아요?"

"사람의 마음은 그 깊이와 정도를 헤아리기 힘들어요. 그러니 우리가 세희 님의 변화를 지켜보면서 덜 힘들도록 돕는 겁니다."

김 박사는 더 이상 자세하게 알려 줄 수 없다며 얼버무렸다. 지난번 상담 이후에 몇 번이나 숨이 가쁘고 힘들었는지, 어떤 일이 더 힘들었는지 물었다. 세희의 병명은 '공황 장애'였다. 이 병은 세희가 기억하지 못하는 사건 때문에 발병했고, 그 때문에 다니던 학교를 두 번 옮겼다. 그 기간을 견디는 동안 힘든 기억을 꾹꾹 눌렀고, 그러다 통째로 두세 달이 기억에서 사라졌다.

휴학하거나 자퇴하는 게 어떠냐고 부모가 권했지만, 세희는 학교를 선택했다. 어른과 나누는 대화가 아니라, 불안정하고 변덕스럽지만, 그 나름의 매력이 넘치는 또래 친구가 필요했다.

오픈 채팅방이 열린 첫날에는 시답잖은 농담이 오갔다. 특히, 담임을 비롯한 선생과 학교에 대한 욕이 많았다. 학교에서 말로 내뱉듯 욕이 글로 꾹꾹 채팅창에 박혔다. 싸킹을 비롯해서 몇 명은 들어오자마자 닉네임을 바꾸거나 들어오기 전에 닉네임을 바꿨다. 그러고는 평소에 잘 하지 않았던 욕을 스스럼없이 썼다. 익명이기 때문에 알아보지 못하리라는 확신이 온갖 욕을 쏟아내게 했다. 담임은 욕을 한 바가지 뒤집어썼고, 국어는 정화조에 빠졌고, 수학은 칼에 찔렸다. 수학을 칼로 처음 찌른 사람은 '개쉑'이었다. 그러자 '알통'이 수학의 옆구리를 찔렀고, 싸킹이 메쳤다.

세희는 반응 없이 지켜보았다. 단어를 고르기 어려웠고, 누군가를 다치게 하면서 스트레스를 푸는 방식이 마뜩잖았다. 앞으로 수학을 볼 때마다 개쉑과 알통과 싸킹이 떠오를 테고, 가르칠 수 없을 정도로 다친 수학이 연상될 것이다.

- 오늘은 여기까지.

자정이 다가오자 싸킹이 통고했다.

- 아쉽다.
- 벌써 끝내? 이제 예열했는데?
- 난 지금 칼 갈았어!

아쉬움을 털어놓는 글들이 와르르 이어졌다. 그러자 싸킹이 선언했다.

- 다음 게임은 더 재밌을 거야. 기대해.

그러고는 정확하게 자정에 방이 닫혔다. 한 시간 동안 이어진 채팅이 끝나자 세희는 몸살을 앓았다. 어떤 닉네임이 무슨 욕을 했는지 또렷하게 기억났고, 실제로 그런 일이 벌어질 수 있다는 염려에 짓눌렸다. 이런 느낌이 낯설지 않았는데, 왜 그런지 기억나지 않아서 더 끔찍했다.

이틀 뒤, 싸킹이 다시 초대했다. 그런데 이번 게임은 조금 달랐다. 오픈 채팅방이 열리고 과학이 낸 짜증을 언급하면서 슬슬 욕으로 채팅방이 도배될 무렵, 싸킹이 개인 메시지를 보냈다.

- 늑대라는 암호를 내가 쓰면 썰물 게임을 시작할 거야. 썰물 게임은 …….

세희는 눈을 몇 번 깜박였다. 싸킹이 쓴 메시지를 거듭 읽었지만 이해할 수 없었다.

"이게 게임이라고? 말도 안 돼!"

혼잣말이 새어 나왔다.

– 늑대라는 암호를 내가 쓰면 곧바로 개쉘을 욕해. 오늘 게임에서는 개쉘이 왕따야. 우리 스트레스를 좀 풀어 보자고.

뒷머리가 띵하고 울렸다. 이런 작당은 처음이었다. 뭐가 뭔지 멍한 상태로 휴대폰 화면을 보는데 '늑대'라는 단어가 떴다. 그러자 곧바로 싸킹이 의도하는 대로 글들이 올라오기 시작했다.

– 개쉘, 너는 진짜 쓰레기 같아.

– 개쉘, 아이디 개구려.

그 뒤로 온갖 욕들이 올라왔다. 모두 개쉘을 욕보이기 위한 글이었다. 개쉘은 'ㅋㅋㅋ'라고 반응하며 농담으로 여겼다. 그러나 5분이 지나고 10분을 넘기자 당황하며 왜 이러냐고 대들었다.

문장들은 일제히 칼날로 변해 개쉘을 찔렀다. 일주일 전 수학을 공격하던 것과 차원이 달랐다. 개쉘은 짜증 내며 채팅방을 나갔다. 그러자 싸킹이 다시 소환했다. 나가면 다시 부르고 또 나가고 불러오는 일이 서너 번 반복되었다. 개쉘은 이게 무슨 게임이냐며 폭발하는 이모티콘을 마구 날렸다.

그 뒤로 개쉑을 욕하는 글들과 개쉑이 싸웠다. 개쉑은 고분고분하지 않았다. 처음에는 문장 하나하나에 토를 달며 반박했지만, 무수히 쏟아지는 욕설과 비아냥에 흔들렸다.

11시 40분, 싸킹이 또 메시지를 보냈다.

– 개쉑만 두고 나가. 썰물처럼!

세희는 손을 부들부들 떨었다. 채팅창에 올라오는 글들은 여전히 칼날을 품은 채 개쉑을 공격했다. 그러고는 자신이 알고 있는 가장 독한 말들을 마지막으로 남긴 채 하나둘씩 채팅방을 나갔다. 세희는 중간쯤에 아무 말 없이 나갔다. 호흡이 널뛰듯 엉망진창으로 흘렀고, 머리가 아팠다. 자정이 될 때까지 안절부절못하며 서성였다. 혼자 남아 있을 개쉑이 걱정스러웠지만 다시 들어갈 배짱은 없었다. 교실에서 가끔 벌어지는 왕따나 은따하고는 비슷하면서 달랐다. 이 게임은 같은 반 학생들이 모두 참가했고, 싸킹이 주도하는 대로 굴러갔다. 모두 개쉑을 욕보이기 위해 단단히 벼른 듯했다. 개쉑이 누군데, 다들 개쉑이 누군지 알까?

자정이 되자 숨소리가 규칙적으로 변했다. 싸킹이 어떤 의도로 이런 일을 벌였는지 모르겠지만, 어쨌든 상황은 끝났다. 하지만 상황은 다음 날에도 여전히 이어졌다. 교실 공기는 전에 없이 날카로웠다. 등교하자마자 손유리는 싸킹이 어떤 자식이냐며 가방을 거칠게 던졌다. 그때 세희 짝이었던 백지숙은 개쉑이 누구인 것 같냐며 세희에게 물었다.

"왜 궁금해?"

"어제 그 꼴을 당했는데 오늘은 어떨까?"

"뭐?"

"너도 궁금하잖아. 안 그래?"

지숙이 히죽거렸고 세희는 웃음기를 걷었다. 다른 친구들도 지숙과 별로 다르지 않았다. 자신이 개쉑이라고 나서는 사람은 없었으나 개쉑이 누구인지 궁금해하는 사람들은 사방에서 보였다. 좀처럼 정체가 밝혀지지 않자 또 다른 기류가 생겼다. 썰물 게임에서 스릴과 서스펜스를 느낀다는 의견이 나왔다. 욕을 쏟아내니까 스트레스가 풀렸다는 소리도 들렸다.

두 번째 게임은 다음 날 벌어졌다. 이번에는 세희도 만반의 준비를 갖췄다. 다른 친구들처럼 닉네임을 바꾸고, 싸킹이 보내는 메시지를 기다렸다. 그런데 30분이 지나도록 싸킹은 어떤 메시지도 보내지 않았다. 세희는 아랫입술을 손으로 만지작거리며 초조하게 메시지를 기다렸다.

지난번처럼 시답잖은 농담과 가벼운 욕설이 오갔다. 그리고 싸킹이 '삶'이라는 글자를 띄웠다. 세희는 휴대폰을 떨어뜨렸다. 휴대폰 창에 빠르게 새로운 문장들이 떴다. 농담으로 내뱉던 욕은 애교 수준이었고, 첫 번째 게임보다 더 악랄하고 심한 욕이 쏟아졌다. 욕설과 비난을 받는 대상은 바로 세희였다. 세희는 눈물을 글썽이며 채팅창을 나갔다. 1초도 안 돼 다시 소환되었다.

– 썅! 누가 맘대로 나가래?

개쉡이 길길이 뛰었다. 마치 자신이 당했던 걸 되돌려 주려는 듯 욕으로 시작해서 욕으로 끝나는 글을 연이어 썼다. 개쉡이 남자인지 여자인지, 세희와 친한 사이였는지 아닌지 짐작할 수 없었다. 그건 다른 닉네임들도 마찬가지였다.

세희는 식은땀을 흘리며 휴대폰을 바라보다가 아예 글자가 안 보이게 엎었다. 그러다 문득 어떤 말을 떠올렸다.

"증거를 수집해야 해. 안 그러면 말짱 꽝이야."

아빠나 김 박사가 아닌 다른 남자가 한 말이었다. 그 남자가 누군지 기억나지 않았다. 남자가 어떤 상황에서 한 말인지도 잊었다. 단지 그 말만 기억났다.

그래서 손을 떨며 스크롤을 올렸다. 앞에서부터 자신에게 욕한 상황들을 캡처하고 또 했다. 한 사람이 짧은 욕을 너덧 개씩 쏟아내고 또 다른 사람이 그만큼 하는 상황이라, 캡처하기 어려웠다. 섬찟한 글을 캡처할 때는 이를 악물었고 낯 뜨거운 농담에는 눈물이 고였다. 그래도 계속 캡처했다.

11시 55분. 세희가 캡처에 신경 쓰는 사이에 갑자기 글이 올라오는 속도가 미친 듯이 빨라졌다. 그러더니 썰물이 지듯 서너 명, 너덧 명이 오픈 채팅방을 나갔다.

11시 59분, 싸킹과 세희만 남았다.

- 지난번 게임 때 아무 말을 안 한 벌이다. 감히 싸킹이 만든 게임을 안 따라 한 벌.

세희는 끄응 앓는 소리를 내며 이 문장을 캡처했다. 아슬아슬하게 채팅방이 닫혔다.

자정이 지났다. 세희는 100개가 넘는 캡처 화면을 천천히 읽었다. 가슴이 쿵, 쿵쿵, 쿵쿵쿵 점점 빠르게 뛰었다. 캡처 화면 세 개를 채 보지 못한 채 휴대폰을 떨어뜨렸다. 가쁜 호흡을 몰아쉬며 약병을 열었다. 도저히 맨정신으로 읽을 수 없었다. 지금까지 휴대폰은 세희와 가장 가까운 벗이었는데, 지금은 언제든 뻥 터질 수 있는 폭탄 같았다. 자신이 희생자인 것을 친구들이 알아차릴까 신경을 곤두세웠다. 이틀 동안 초긴장 상태로 지내던 세희는 처음으로 길에서 정신을 잃었다. 그게 한 달 전이었다.

싸킹이 연 게임은 사이버뿐만 아니라 현실 세계에도 영향을 미쳤다. 익명으로 진행된 게임이었기 때문에 누가 싸킹인지 개쉑인지 모르는 상태였다. 그동안 친하게 지내던 사이도 의심하고 경계하는 사이로 변했다. 예전처럼 아무 말이나 내뱉을 수 없었고, 어떤 사람에 대한 뒷담화를 한 다음에는 누군가 이 이야기를 들었을세라 주변을 훑어보는 버릇이 생겼다. 겉으로 보기엔 다툼이 없고 평온했다. 하지만 싸킹이 오픈 채팅방을 열면 그동안 감췄던 헐뜯기와 야유, 욕들이 폭발했다. 세희처럼 밋밋하게 반응하거나 적극적으로 왕따 시키지 않으면 다음 왕따가 된다는 법칙은 세 번째 게임 때부터 다들 파악했다. 그 뒤로 다들 싸킹이 어떤 말을 하든 열성을 다해 댓글을 달았다. 싸킹은 썰물 게임을 하루 혹은 이틀 간격으로 열었다. 모든 3반 학생들이 희생된 뒤 썰물 게임은 소강상태로 접어들었다. 잊은 줄 알았는데, 별일 없을 줄 알았는데 다시 게임이 열린 뒤 세희는 작은 소리에도 민감하게 반응했다. 특히, 교실에서 일어나는 모든 일에 신경이 쓰였다. 더 빨리 지쳤고 자주 숨이 가빴고 약통을 빈번하게 열었다.

"혹시 무슨 일이 있나요?"

김 박사가 조심스럽게 물었다. 평소보다 약이 빨리 떨어져서 예약 날짜보다 이르게 상담을 요청했기 때문이다.

"아뇨, 그냥 불안해서요."

"무슨 일인지 이야기해요. 털어놓으면 좀 낫다니까요. 그러려고 내가 있는 거니까."

세희도 털어놓고 싶었다. 하지만 마음 한편에서 '증거를 모아야 해'라는 소리가 계속 들렸다. 아직 부족했다. 누가 싸킹인지 모르는 상태에서 이런 일을 알렸다가 장난이었다고 발을 빼면 그만일 것이다.

그러던 중에 편다인이 전학 왔다. 다인이 온 뒤 일주일 동안 싸킹은 오픈 채팅방을 열지 않았다. 매일 조금씩 높아지던 불안도 다인의 웃음에 서서히 녹아내렸다. 군인인 아버지를 따라 2~3년마다 전학을 다니는 다인에겐 친구들이 아주 많았다. 그 친구들은 동서남북 여러 방향에서 살았다.

"김주희가 네 얼굴이 궁금하대."

"어떤 주희? 광주, 아니면 철원?"

"광주. 그래서 광주 주희한테 사진 한 장 보내도 될까? 너랑 같이 찍은 사진으로."

"난 걔를 모르는데?"

다인은 광주 주희 사진을 보여 주었다. 내친김에 철원에 사는 김주희의 프로필 사진도 찾았다. 광주 김주희는 다인이 초등학교 5학년 때 만났고, 철원 김주희는 다인이 전학 오기 직전의 학교에서 만났다. 다인이 두 친구 가운데 한 명하고만 톡 할 때는 상관없지만, 세희는 두 사람이 헷갈렸다. 마라탕을 좋아하는 주희가 광주 주희였나 싶었으나 철원 주희였고, 아침마다 학교까지 뛰어온다는 주희는 철원 주희라고 생각했지만 그건 광주 주희였다. 계속 헷갈리는 세희 때문에 다인은 광주 주희는 '광주희'로, 철원 주희는 '철주희'로 바꿔 불렀다.

세희는 다인과 친해지면서 자신이 바라던 학생의 삶과 가까워졌다. 같이 밥을 먹고, 화장실에 가고, 하교 이후에도 연락할 친구가 있는 삶. 소소하고 별것 아닌 생활이었지만, 딱 세희가 바라던 바였다. 그러나 그 행복은 오래 가지 않았다.

이번에는 누가 당할 것인가, 누구를 궁지에 몰아넣을까. 세희는 주먹을 쥔 채 손가락 마디를 잘근잘근 씹었다. 학교와 교실에서 벌어지는 일들은 다인에게 대부분 설명했지만, 썰물 게임은 말로 옮기기 힘들었다. 그 상황을 떠올리면 눈앞이 까맣게 변했다. 세희는 책상에 엎드렸다. 이대로 시간이 흘러서 자정이 지나가면 얼마나 좋을까.

시간은 건너뛰는 법이 없었다. 착실하고 어김없이 싸킹이 정해 놓은 시간이 다가왔다. 세희는 엄마가 쓰던 휴대폰을 꺼냈다. 싸킹이 게임을 벌일 때마다 그 휴대폰을 동시에 켰다. 그러고는 세희 휴대폰으로 싸킹이 보낸 링크로 접속한 다음, 엄마 휴대폰에 있는 아이디를 초대한다. 엄마가 쓰던 휴대폰에는 '알 수 없음'이라는 닉네임을 쓰고, 프로필 사진도 '알 수 없음'에 쓰이는 인물 실루엣으로 고정했다. 그리고 평소 쓰는 휴대폰에는 '씨커'라는 닉네임을 달았고, 프로필 사진은 온통 검은색으로 바꾸었다. 공격 대상이 정해지면 세희는 '씨커'로 평범한 욕을 한 줄 달고 곧바로 나왔다. 그러고는 '알 수 없음'으로 조금 더 지켜보다가 거의 막바지에 아슬아슬하게 탈출했다.

캡처하면서 '씨커'로 반응하고, 게임이 끝나고 나면 닉네임을 다시 이름으로 바꾸고 프로필 사진도 교체했다. 물론 검은색 사진은 삭제했다. 싸킹이 나중에라도 세희를 찾을 수 없도록 만반의 준비를 다 했다.

세 번째 게임에 들어갈 때부터 몇 명이 참가하는지 숫자를 셌다. 게임 정원은 늘 반 친구들 수와 같았다. 세희가 닉네임 두 개를 쓰고 있으니, 누군가 게임에 빠졌다는 뜻이었다. 그게 누군지 알아내려고 게임 다음 날 교실 반응을 유심히 살피곤 했다. 분노와 허탈, 욕설과 따돌림이 뒤범벅된 교실에서 표정이 변하지 않는 사람은 몇 명 되지 않았다. 최남혁, 황지현, 문중식이 특히 그랬다.

최남혁은 게임이 있든 없든 자신이 할 일을 묵묵히 했다. 회장으로서 선생과 학생의 소통을 그럭저럭했고, 성적도 잘 유지했다. 게임이 벌어진 다음 날에도 표정 변화가 없었고 다른 이들과 달리 평정심을 잃지 않았다. 심지어 잘 웃었다. 학기 초에 잘 웃던 오천이 점점 웃음기를 잃는 것과 비교하면 확연히 달랐다. 작은 꼬투리만 한 흠이 잡혀도 다음 게임에서 커다란 놀림감이 되기 때문에 모두 신경을 곤두세우는데, 남혁은 썰물 게임에 크게 신경 쓰지 않는 것 같았다. 그 점이 가장 의심스러웠다. 만약 남혁이 싸킹이라면, 자기 뜻대로 게임이 굴러가는 걸 즐길 수 있으니까.

황지현은 수업 시간에 졸거나 엎드려서 잤다. 심지어 코를 골아서 야단맞은 적도 있다. 그러거나 말거나, 지현은 긴 머리를 질끈 묶고 체육복 상의를 이불처럼 덮고 편하게 잠들었다. 오직 체육 시간에만 눈을 번쩍 떴다. 순발력이 뛰어나고 빨리 달렸다. 체육 선생은 지현에게 육상부에서 연습하면 체대 입학이 가능하다고 했다. 하지만 지현은 육상부 훈련이 마음에 안 들고 자기 일은 알아서 하겠다며 체육이 내민 손을 거절했다. 반 친구들이 전날 썰물 게임에서 충격받은 이야기로 수군거릴 때도 지현은 평소와 다름없이 엎드려 잤다. 지숙이 지현에게 말을 걸어도 그러거나 말거나, 듣는 둥 마는 둥 했다. 만약 지현이 싸킹이라면, 다른 친구들에게 싸움이나 욕설하게끔 부추긴 뒤 나 몰라라 할 수 있지 않을까. 그런데 지현이 정말 그랬을까. 세희는 지현이 싸킹일 가능성에 세모 표시를 했다.

문중식은 가장 늦게 등교했고 빨리 하교했다. 수업 시간에는 멍하니 앉아 있고, 체험 학습을 끊고 학교에 오지 않는 경우도 꽤 있었다. 3반 교실에서 있는 듯 없는 듯 그림자처럼 앉아 있기로는 세희와 비슷했다. 가늘고 작은 목소리 때문에 중식이 하는 말을 들으려면 엄청 귀를 기울여야 했다. 학기 초에는 중식에게 말을 거는 친구들이 있었지만, 작은 목소리에 귀를 기울이느니 아예 묻지 않는 편을 택하는 친구들이 많았다. 그래서 중식은 늘 혼자였다. 그런 중식도 정보 시간에는 유일하게 눈빛을 반짝였다. 키보드 위를 날아다니는 열 손가락과 동체시력으로 스크린에서 일어나는 모든 일을 장악했다. 만약 중식이 싸킹이라면, 이런 의문을 던졌다가 세희는 곧바로 고개를 저었다. 소심하고 무기력한 중식이 그런 엄청난 일을 벌일 것 같지 않았다.

그렇다면 도대체 누굴까, 누가 이런 일을 벌이는 걸까.

지금까지 세희는 게임을 지켜보는 처지였다. 그러나 처음 게임에 참가하는 다인이 신경 쓰였고, 혹시 다인이 희생자로 지목된다면 어떻게 할까. 그래도 유일하게 편한 친구인데 도와야 할까? 그런데 어떻게 돕지? 세희는 고민하면서 게임에 참가했다.

이번 썰물 게임은 11시 20분에 열렸다. 하나, 둘, 셋……. 숫자를 세던 세희가 손가락을 멈췄다. 뭔가 이상했다. 다인이 들어왔다면 숫자가 늘어야 하는데 저번 썰물 게임에 참가했던 숫자와 동일했다. 다인이 들어오고 다른 사람이 빠졌나 싶어 닉네임들을 검토했다. 처음에는 닉네임을 자주 바꾸었지만, 게임이 여러 번 열리면서 닉네임 몇 가지를 돌려쓰는 경우가 많았다. 심지어 '개쉡', '개쉡ㅋㅋㅋ', '개쉡2', '개쉡아님'은 같은 사람이 쓰는 닉네임이 아니라 다른 사람이 개쉡처럼 보이려고 만든 닉네임이었다. 몇 번을 훑었지만, 다인이 들어온 흔적은 없었다. 다인이 들어왔다면 일어나야 할 사건이 발생하지 않았다. 아무도 당황하지 않았고, 늘 하던 것처럼 여전히 썰물 게임이 진행되었다.

싸킹이 보낸 메시지를 보았다. '오늘은 올랑을 공격한다.'라는 짧은 문구였다. 세희는 '올랑'의 프로필 사진과 배경 사진들을 훑었다. 세 단계 만에 누군지 알아냈다. 이번 공격 대상은 권오천이었다. 입술 사이로 앓는 소리가 새어 나왔다. 하필 오천이라니…….

세희는 닉네임 '씨커'로 '올랑 멍청이'라는 문장을 썼다. 씨커가 남긴 문장은 독하고 센 문장들에 섞여서 눈에 띄지 않았다. 마치 교실에서 세희가 눈에 띄지 않는 존재로 지내는 것과 비슷했다.

세희는 올랑이 오천임을 찾아낸 것처럼, 닉네임의 정체를 알아내 '메모장'에 썼다. 세희가 공격당한 날부터 메모장에 닉네임을 모두 올렸다. 썰물 게임에 참가하는 닉네임들이 기록으로 남아 있었다. 매 게임 다른 닉네임을 쓰는 사람도 있지만, 서너 개를 돌려쓰는 경우가 제일 많았다. 대부분 닉네임만 바꾸어 사용했기 때문에 프로필과 배경 사진들을 확인하면 알아낼 수 있었다. 하지만 싸킹은 달랐다. 같은 닉네임을 꾸준히 쓰는 유일한 사람이고, 프로필 사진으로 넣은 왕관과 0과 1로 꽉 채운 배경 사진도 변하지 않았다.

본격적인 공격이 시작되었다. 올랑은 온갖 심한 욕을 고스란히 받았다. 대꾸나 반발 한마디 없이 쏟아지는 욕설을 참아 내는 동안 친구들이 하나둘씩 방을 빠져나갔다. 닉네임 씨커도 여러 명이 우르르 나갈 때 쓱 나갔다.

12시 5분 전, 오픈 채팅방에는 네 명이 남았다.

알 수 없음, 올랑, 글라, 싸킹.

'올랑'은 오천이고, '싸킹'은 누군지 모르는 상태였다. '글라'는 처음 보는 닉네임이었다. 세희는 '글라'가 남긴 글들을 살폈다.

글라는 올랑에게 욕하거나 심한 말을 하지 않았다. 그동안 썰물 게임에서 보기 드문 행동이었다.

"혹시 편다인?"

세희는 마른침을 삼켰다. 만약 다인이 글라가 맞다면, 세희가 고등학교에서 처음 사귄 친구를 궁지에 몰아넣는 셈이다. 썰물 게임이 어떤 것인지, 싸킹이 어떤 짓을 했는지 설명하지 않고 게임에 참가했다면 다인은 무척 당황스러울 것이다. 잠깐 고민하던 세희는 그동안 썰물 게임에서 쓰지 않았던 문장을 썼다.

- 그만해, 싸킹.

닉네임 '알 수 없음'이 남긴 이 문장에 싸킹이 불을 내뿜는 용 이모티콘을 날렸다. 동시에 찢어 죽이고, 뼈를 부수고, 머리 가죽을 벗기고, 혀를 뽑는다는 글들이 채팅방에 화살처럼 박혔다. 세희는 부들부들 떨면서 캡처했다.

세희가 움직이자 '글라'도 반응했다.

- 됐어, 싸킹, 그만해.

자정이 왔다. 세희는 닫힌 채팅창을 보며 한숨을 길게 내쉬었다. 어느 때보다 40분이 길게 느껴졌다. 세희는 이 게임이 시작될 때부터 있었다. 몇 번 썰물에 휩쓸려갔고, 마지막까지 두 번 남았다. 두 번째로 남을 때는 학교를 그만두고 싶었다. 자존감이 뚝뚝 떨어져서 바닥에 깔렸고, 모욕하고 업신여기는 사람들이 싫었다. 그런 경험을 어떻게 몇 마디로 설명할 수 있을까. 자신이 쓸모없고, 모두가 싫어한다는 사실이 떠나지 않는데.

그동안 세희는 아무것도 하지 않았다. 그냥 방치했다. 하지만 이제는 확실히 알았다. 아무것도 모르는 채 썰물에 휩쓸려 떠내려가는 건 옳지 않았다. 다인을, 친구를 잃고 싶지 않았다.

편다인이 전화를 받을 때까지 기다리는 몇 분 동안 세희는 오른손 마디를 잘근잘근 씹었다. 왼쪽 머리가 쿡쿡 쑤셨고 심장 박동이 빨라졌다. 아직 약 먹을 정도는 아니지만 그래도 조심해야 했다.

"임세희, 밤늦게 웬일이야? 내 목소리 듣고 싶었어?"

다인이 목소리는 맑고 밝았다. 구름 한 점 없는 푸른 하늘 같았다.

"어, 혹시 네가 '글라'야?"

"글라가 뭐야?"

"조금 전 게임에서 글라가 너 아니야?"

"무슨 게임?"

"……."

"무슨 게임? 참, 너한테 물어보고 싶었는데 아까 나한테 썰물인지 밀물인지 게임 어쩌고저쩌고 그러지 않았어? 그게 뭐야?"

세희는 눈을 크게 뜨고 다시 물었다.

"싸킹이 오픈 채팅방에 널 초대하지 않았어?"

"그게 뭔데? 난 아빠랑 바둑 뒀어. 그리고 채팅방이라니, 초대 링크도 안 받았어."

편두통이 더 심해졌다. 싸킹이 다인을 초대하지 않았다면, '글라'는 누굴까?

"그게 뭐냐니까?"

"내일 말해 줄게. 수업 끝나고."

"왜?"

"이야기가 길거든."

다인은 가볍게 알았다고 대답했다. 통화를 끝낸 뒤, 세희는 글라가 누군지 찾기 시작했다. 처음 보는 닉네임이지만 비슷한 프로필 사진이 있었다. 글라의 프로필 사진은 가운데 노란 조임쇠가 있는, 작은 바퀴를 클로즈업한 것이었다. 측면으로 찍힌 바퀴, 조임쇠만 찍힌 사진을 찾았다. 그리고 마지막으로 지금 3반 단톡방에 있는 친구들 프로필 사진과 비교했다. 배경 사진들을 일일이 대조한 끝에 글라가 누군지 알아냈다.

예전에 쓴 배경 사진들 가운데 바퀴와 조임쇠가 보였다. 바퀴는 보드에 붙어 있고, 아스팔트에 비스듬히 놓인 보드에 몸을 구부린 사람이 있었다. 긴 머리카락을 질끈 묶고 스케이트보드로 곡선을 그리는 모습이 인상 깊었다. 환하게 웃는 사진 속 모습은 교실에서 보던 모습과 전혀 달랐다. 세희는 메모장을 열었다.

'글라 - 황지현'

지금까지 지현은 썰물 게임에 별다른 반응을 보이지 않았다. 그런 지현이 싸킹을 말렸다. 좋은 신호인지 아닌지 헷갈렸다. 머리가 빠개질 듯 아팠다.

다른 길

교실에서는 듣는 귀가 많았다. 쪽지로 전할 상황도 아니었다. 세희는 다인에게 점심을 후딱 먹자고 했다. 다인은 5분 만에 밥을 먹고 세희를 기다렸다. 둘은 운동장으로 내려와 층계에 앉았다.

"아주 긴 이야기를 해야겠지만, 요약해서 말할게."

세희는 싸킹과 썰물 게임에 대해 설명했다. 그리고 간밤에 벌어진 상황도 이야기했다.

"그러니까, 그 망할 게임이 벌어졌는데 나를 초대하지 않았단 말이지? 그 빌어먹을 싸킹이라는 자식이?"

"그래."

"그런데 넌 내가 글라로 들어온 줄 알았고?"

"맞아."

"어제는 누가 당했는데?"

"올랑."

"아, 게임이니까 닉네임을 쓰는 거야?"

"그렇기도 하지만, 욕을 많이 하니까……. 말했잖아. 처음 시작은 스트레스 해소용으로 욕을 퍼붓는 걸로 했다고."

"어이없다. 그래서 너는? 너도 했다고?"

"……."

"임세희, 너도 친구를 욕했냐고 묻잖아."

"제대로 욕을 안 하는 사람은 그다음 게임 때 희생자가 돼. 나는 두 번 남았어. 싸킹하고 단둘이 남을 때까지 지옥이 펼쳐져. 나갈 수도 없어. 나가면 불러 와."

다인이 입을 틀어막았다. 세희는 다인이 말을 꺼낼 때까지 기다렸다. 심장이 다시 불규칙하게 뛰기 시작했다. 호흡이 살짝 거칠어지려 할 때 다인이 입을 열었다.

"이거 범죄야. 왕따보다 더 무섭잖아. 선생님은 아셔? 신고는 했어?"

"선생님은 모르셔. 아신다 해도 증거가 없으면 말짱 꽝이잖아."

"다들 닉네임을 쓴다면서 누가 누군 줄 알고 증거를 찾아?"

세희는 마른침을 삼켰다. 싸킹에게 그만하라는 문장을 쓸 때부터 이미 다른 길을 선택했다. 그러나 그 길에 어떤 장애물이 있을지는 가늠할 수 없었다.

"대충……."

운동장으로 사람들이 하나둘씩 모였다. 축구공을 차며 운동장을 뛰는 몇 명과 그들을 지켜보는 사람들, 산책하는 이들도 있었다. 세희는 입을 닫고 메모장을 열었다.

다인은 세희가 작성한 메모장을 훑어보았다. 그러고는 간밤에 마지막까지 남았던 닉네임이 누군지 알아냈다.

"확실해?"

"거의."

"물어봤어?"

"아니. 아직 용기가 안 나. 다인아, 나도 애들 욕했잖아. 너무 싫은데, 나도 싸킹이 시키는 대로 했어. 있잖아, 나는 애들이 누군지 궁금하지 않아. 딱 한 사람, 싸킹이 누군지 알고 싶어."

"안 다음에는?"

"하지 말라고……."

사실은 한 대 후려치고 싶다. 더 이상 친구들을 미워하고 싶지 않았다. 드문드문 기억나는 그때도 옆에는 친구들이 있었다. 이름을 잊고 얼굴을 잊었지만, 세희를 부르던 여러 목소리는 기억했다. 다정하고 걱정하던 그 목소리 때문에 학교를 떠나지 않았다. 더는 싸킹이 하는 대로 끌려가고 싶지 않았다.

"나도 봐야겠어."

"다음번에도 널 초대하지 않는다면?"

"네가 초대해 줘."

"괜찮겠어?"

"임세희, 어제 나 때문에 그랬다며? 나도 알아야겠어. 내 옆에는 네가 있을 테니까. 진짜 든든해."

다인이 단단한 목소리로 말했다. 그렇지만 세희는 불안했다. 어제처럼 자신이 버틸 수 있을지, 또 다른 변수가 생길지 알 수 없었다.

캡처한 사진들은 이미 만 장이 넘었는데, 싸킹을 찾지 못했다. 증거가 없으면, 싸킹이 누구라는 확증이 없으면 이 일을 멈출 수 없다. 그런 불확실한 게임에 다인을 밀어 넣으면 어떤 일이 벌어질까. 일단 약병이 있는 교실까지 얼른 가야 했다. 숨이 가빠지기 전에, 더 불안해지기 전에.

어떤 남자

싸킹은 하교하기 전에 썰물 게임이 열린다는 링크를 보내는데, 아직 링크는 도착하지 않았다. 게임이 열리지 않을 가능성이 큰 날은 하교하는 발걸음도 가벼웠다. 세희는 다인과 같이 걸으며 젤리 봉투를 열었다. 세희가 가장 좋아하는 아기 곰 젤리였다. 다인이 노란 젤리를 집어 들면서 불쑥 말했다.

"누가 날 따라오는 것 같아."

다인이 꺼낸 말에 세희는 걸음을 멈추고 주변을 돌아보았다. 길을 걷는 사람, 길 건너편에 서 있는 사람, 주저앉아서 신발 끈을 묶는 사람, 택배 배달하는 사람, 달리는 사람……. 모두 찬찬히 살폈다. 딱히 수상한 사람은 보이지 않았다.

"누가 따라왔다고? 집으로?"

"응. 기타 학원에서 돌아오는데 누군가 내 발걸음에 맞춰서 걷더라고. 돌아보면 아무도 없는데 분명히 발소리는 나. 아빠한테 슬쩍 물었더니, 미행할 때 그렇게 한대. 안 들키게 상대방을 따라다닌다고."

"아빠한테 더 말하지 그랬어?"

"아빠가 걱정하잖아. 별일 아니면 어쩌려고. 그런 일은 처음이라 잘못 들은 것 같아서 그러려니 했는데, 어젯밤에도 그 발소리가 들렸어. 좀 신경 쓰여."

다인은 젤리를 씹으면서 아무렇지 않게 이야기했다. 하지만 세희는 다인을 걱정스럽게 쳐다보았다.

"너 아파트 산다고 했지?"

"응. 군인 아파트. 왜?"

"거긴 군인 가족들이 사니까 그래도 좀 낫겠다. 그래도 따라오는 사람에게 꼬리 잡히지 마. 정면으로 그 사람을 보면 좋고, 사진이나 영상으로 찍어 두면 더 좋아. 증거를 모아."

세희는 진지했다. 하지만 듣는 다인은 오히려 세희를 물끄러미 보았다.

"임세희, 내가 좀 궁금해서 그러는데 말이야. 너는 왜 자꾸 증거를 모으라고 해? 싸킹 때도 그렇고, 나를 쫓아오는 사람이 있는 것 같다고 했을 때도 그렇고. 무슨 일 있어?"

"……."

"무슨 일 있냐니까?"

"나도 잘 몰라. 아무튼, 명심해."

아직 더 같이 갈 수 있다. 그러나 세희는 다인에게 인사를 건네고 뛰었다. 당황한 다인이 커다랗게 "임세희!"라고 불렀으나 멈추지 않았다. 무슨 일인지 설명할 수 있으면 좋겠지만, 세희는 그럴 수 없었다. 증거를 모아야 한다는 것도 꼬리를 잡히면 안 된다는 것도 무의식에서 튀어나왔다. 시간이 갈수록 잊힌 기억이 떠오를까 봐 두려웠다. 달리는 속도는 점점 빨라졌지만, 두려움은 계속 따라왔다. 세희는 더 빨리 두려움에서 달아나고 싶었다.

학원에서 집으로 돌아오는 길이었다. 사람이 많은 큰길로 다니다가 집 근처에서 두 번 꺾었다. 큰길에서는 천천히, 골목으로 접어들면 총총 걸었다. 어두운 길로 들어서면 정체를 알 수 없는 불안이 온몸을 짓눌렀다. 골목으로 들어서면 휴대폰에 녹음 버

튼을 누르고, 여차하면 곧바로 영상을 촬영할 수 있도록 손에 쥐고 걸었다. 발소리나 차, 오토바이 소리를 귀 기울여 듣기 위해 큰길에서 끼고 있던 이어폰도 뺐다. 골목에서 집까지 엄마나 아빠와 함께 걸으면 10여 분이 걸리지만, 혼자 걸으면 7분 정도면 충분했다. 아파트 엘리베이터에도 모르는 사람이 같이 타면 바로 내려서 다음 걸 탄다. 세희는 오로지 집까지 무사히 닿기 위해 온 신경을 집중했다.

불이 꺼진 집으로 들어가면 거실과 부엌, 세희 방까지 모든 불을 켠다. 가게에서 돌아온 엄마와 아빠는 환하게 켜진 불을 보면 오히려 반갑다고 한다. 잘 들어왔으니 다행이라고 한다.

"전기세 아깝다는 생각은 안 들어?"

세희가 물었을 때, 엄마는 딴청을 부리며 시선을 돌렸다.

"전기세보다 네가 안전해야지."

아빠가 이렇게 말하면 엄마가 격렬하게 고개를 끄덕였다. 그러면 불안했던 마음이 가라앉았다. 세희에게는 그런 일상이 익숙했다. 불안한 어둠을 헤치고 들어와 불을 켜면 안온한 집이 반겼다.

그런데 안온한 일상에 잡음이 생겼다. 다른 날처럼 별일 없고 그럭저럭 지낼 만한 날이었다. 컨디션도 괜찮았고, 숙제도 평소와 비슷했다. 잡음은 큰길을 벗어나 골목으로 접어들면서부터 귀를 건드렸다. 누군가 세희를 따라왔다. 세희가 멈추면 발소리도 뚝 끊겼고, 고개를 돌리면 휙 사라졌으며 빠르게 걸으면 발소리도 빨라졌다. 쿵쿵쿵, 가슴이 두방망이질하며 뛰었다. 세희는 배낭을 앞으로 돌려 메고는 주머니에서 약통을 꺼냈다. 손이 떨려서 뚜껑이 잘 안 열렸다. 걸음은 빨라졌고, 뒤따르는 발소리도 마찬가지였다.

아파트 현관까지 뛰어와서 비밀번호를 눌렀다. 문이 스르르 열렸다. 세희는 발을 구르며 뒤쪽을 힐끔거렸다. 쫓아오던 사람은 보이지 않았지만, 싸한 느낌은 그대로였다. 열린 현관문이 다시 닫히기 시작했다. 문이 거의 닫히기 직전에 안으로 뛰어들었다. 그러고는 벽에 기대 쿵쾅거리는 가슴을 부여잡았다. 유리문 너머로 언뜻 어떤 남자가 보였다. 검은 모자를 눌러쓰고 청바지에 검은색 티를 입은 남자였다. 세희는 비틀거리며 엘리베이터에 타고는 3층부터 모든 층수를 다 눌렀다.

엘리베이터가 3층에 섰을 때 약통 뚜껑을 열었다. 그러고는 한 알을 삼켰다. 숨쉬기가 여전히 힘들었지만, 엘리베이터 숫자판을 보면서 심호흡했다. 층마다 엘리베이터가 섰을 때 조마조마한 마음으로 문이 열렸다가 닫힐 때까지 기다렸다. 9층에서 내려서 층계로 한 층 내려가 집으로 뛰어 들어갔다. 평소와 다르게 불을 켜지 않았다. 베란다로 살금살금 걸어가 벽에 바짝 붙어서 밖을 내다보았다. 검은 모자를 쓴 남자가 아파트 현관 앞을 서성이고 있었다.

그 남자는 30분 뒤에 아파트 현관에서 멀어졌다. 세희는 그 뒤로 거실 소파에 동그마니 앉아서 쌕쌕 숨을 몰아쉬었다. 약을 먹은 지 한참 지났는데도 불안이 가라앉지 않았다.

한 시간 뒤에 현관문이 열렸다.

"얘가 아직 안 왔나?"

퇴근한 엄마가 거실에 불을 켰고, 소파에 앉은 세희를 발견했다.

"임세희, 왜 그래? 무슨 일이야?"

화들짝 놀란 엄마가 세희 옆으로 다가왔다.

"엄마, 아까 누가 쫓아왔는데……. 너무 무서웠어. 그런데 있잖아, 뭔가 익숙해. 그게, 말이 돼?"

엄마는 울먹이는 세희를 와락 껴안았다. 세희는 엄마에게 안겨

숨을 가쁘게 내쉬었다. 자신을 쫓아오던 발소리를 눈치챈 순간부터 그다음 단계에 이르기까지, 모두 일상적이지 않았다. 아파트 현관문이 닫히기 전까지 기다려서 그 남자가 쫓아오지 못하게 했고, 엘리베이터에 타서도 층수를 모두 눌렀고, 한 층은 걸어서 내려왔다. 집으로 돌아와서도 자신이 어느 층에 사는지 들키지 않으려고 불을 켜지 않았다. 그뿐만 아니라 베란다에 숨어서 밖을 관찰하기도 했다. 이 모든 과정이 경험에서 우러나온 듯 자연스러웠다.

엄마에게 안긴 세희가 물었다.

"엄마, 나, 이랬던 적 있어?"

엄마가 흐느꼈다.

"혹시 기억 안 나는 그때랑 상관있어?"

"……."

"엄마."

"세희야, 김 박사님이 그러시더라. 네가 너무 힘들어서 지운 기억을 억지로 꺼낼 필요는 없대. 하지만 언젠가 그 기억이 다시 떠오르게 될 수도 있다더라. 그렇게 된다면 엄마가 널 도울게. 예전보다 더 열심히 도울게. 약속해."

세희는 혼란스러웠다. 도대체 무슨 일이었을까, 엄마는 왜 이런 반응을 보일까. 예전보다, 엄마가 한 말이 마음에 걸렸다.

현관문이 다시 열렸다. 아빠가 손에 든 장바구니를 팽개치고 세희에게 다가왔다.

"무슨 일이야, 왜 그래? 세희야, 많이 아파?"

"누가 쫓아왔대요."

아빠 얼굴이 새하얗게 질렸다. 세희는 불안하고 초조했다. 도대체 무슨 기억일까? 그 기억이 떠오를까 봐, 그래서 더 힘들까 봐, 약을 먹어도 진정되지 않을까 봐 몹시 두려웠다. 주머니 속 휴대폰이 지이잉 지잉 연신 진동했지만, 전혀 느끼지 못했다. 세희는 딱 한 가지만 생각했다.

'이젠 괜찮을 거야, 안전해.'

엄마를 안은 두 팔에 힘을 꽉 주었다.

4+1

썰물 게임이 다시 열리자 세희는 약속대로 다인에게 링크를 공유했다.

"맙소사!"

모두가 익명의 아이디로 활동하는 곳에서, 다인은 꿋꿋하게 자기 이름으로 들어왔다. 그러자 싸킹이 희생자를 정하기 전부터 다인을 욕하는 글이 우르르 달렸다. 본 게임을 하기 앞선 일종의 예열 작업이었다.

- 이번 희생자는 나야?

다인이 개인 메시지를 보냈다. 세희는 한숨을 쉬었다.

– 아니야, 아직은 누군지 몰라.

얼마 지나지 않아서 싸킹이 메시지를 보냈다.

– 오늘 희생자는 올랑이다.

싸킹이 한 번 공격한 사람을 연이어 공격하는 경우는 처음이었다. 세희는 손마디를 잘근잘근 씹다가 캡처를 시작했다.

곧이어 본격적인 공격이 벌어졌다. 올랑에게 온갖 심한 욕을 퍼부은 친구들이 하나둘씩 방을 빠져나갔다. 세희는 만약을 대비해서 닉네임 씨커를 뺐다.

12시 10분 전, 오픈 채팅방에는 다섯 명이 남았다.

알 수 없음, 다인, 올랑, 글라, 싸킹.

싸킹의 계획대로 게임이 끝나려면 싸킹과 올랑만 남아야 했다.

– 야, 전학 찐따! 나가라고, 썅!

싸킹이 발끈했다.

– 니가 뭔데 나가라 마라야?

다인은 콧방귀를 뀌며 반응했다. 지켜보던 세희, 아니 '알 수 없음'이 글을 올렸다.

– 니가 나가, 싸킹.

그러자 곧바로 화면이 온통 욕으로 도배되었다. 글 양이 꽤 많았으므로 그대로 쓴 것이 아니라, 미리 써 두었다가 복사해서 붙인 것이다.

– 그만해라, 싸킹. 한 판 붙을 거면 네가 누군지 밝혀.

글라가 알 수 없음을 거들었다.

– 니들은 내가 우습냐?

싸킹이 쓴 글에 다인이 댓글을 달았다.

- 난 모르는 사람을 우습게 대하진 않아. 그런데 너야말로 비겁한 짓 그만해.

싸킹이 창을 뒤덮는 욕을 연거푸 올렸다. 그러는 동안 다인이 메시지를 보냈다.

- 글라와 올랑이 누군지 알아냈어. 내가 메시지를 보냈거든.
- 누군데?
- 글라는 황지현, 올랑은 권오천.

예상했던 바가 맞았다.

- 글라가 제안했어. 12시 3분 전에 우리 모두 나가자고. 싸킹만 두고.
- 뭐?
- 우리가 어떤 기분이었는지 알아야지. 알았지? 그리고 내가 글라와 올랑을 초대한 다른 방을 만들었어. 너도 초대했어.

시간이 째깍째깍 흘렀다. 싸킹은 발광했고, 나머지는 어떤 표현도 하지 않았다. 12시 3분 전, 올랑, 글라, 다인이 먼저 나갔다. 그리고 싸킹이 쓴 문장을 부랴부랴 캡처한 뒤 세희도 알 수 없음으로 그 방을 나갔다.

다인이 만든 단톡방에는 올랑과 글라가 먼저 와서 알 수 없음을 기다리고 있었다.

- 나는 편다인이야.

그러자 올랑과 글랑이 문장을 썼다.

- 안녕, 나는 황지현.
- 난 권오천이야.

세희도 한 문장을 달았다.

- 나는 임세희. 썰물에 휩쓸리지 않고 남은 건 처음이네.

지현이 대답했다.

– 그러게. 우리 만나서 이야기할까? 나는 주말에 광장 근처 편의점에서 알바해.

오천과 다인이 찬성했다. 두 사람이 광장 근처에 있는 만화 카페와 베이커리 카페를 추천했다. 하지만 세희는 생각이 달랐다.

– 사람이 없는 데서 만나면 좋겠어. 우린 싸킹이 누군지 모르는 상태잖아.

단톡방이 잠시 멈췄다. 그 침묵을 지현이 깼다.

– 내일 토요일이니까 광장 근처에서 만나자. 내가 딱 좋은 곳을 알아.

지현이 약도를 공유했다. 다인과 오천은 지현이 글에 찬성했다. 세희도 그러자고 대답했다. 그러나 생각은 싸킹이 쓴 마지막 문장에 머물렀다.

– 잊지 마. 나는 너희들이 누군지 알아.

싸킹은 썰물 게임에서 자의로 탈출한 사람들을 다시 불러들였다. 어떤 닉네임을 쓰더라도 싸킹은 얄짤없었다. 싸킹은 삭제한 메시지도 알고 있었다. 혹시 세희가 닉네임을 두 개 쓴다는 것도 알아차렸을까. 어디까지 아는 걸까. 넷이 모이는 게 안전할까. 가슴이 답답했다. 그러나 심장 박동은 평소와 크게 다르지 않았다. 힘차게, 기분 좋게, 쿵, 쿵, 심장이 뛰었다.

공유 주방

'공유 주방'은 조리대가 드러나고 테이블이 몇 개 있는 식당 같았다. 하지만 요리사가 없었다. 먼저 온 오천과 다인이 세희를 맞았다. 마지막으로 들어온 지현이 들고 온 비닐봉지를 조리대에서 풀었다.

"여기 옆 편의점에서 알바하는데, 건물주가 여기 주방을 관리하거든. 오늘은 저녁 시간에만 예약이 있더라고. 그래서 잠깐 쓰기로 했어. 가끔 여기 청소도 알바하거든."

"알바를 여러 개 하는구나."

다인이 말했다.

"새 보드를 사려고."

지현이 웃으며 대답했다.

오천이 일어나 지현이가 접시에 담은 떡볶이를 테이블로 옮겼다. 다인이 포크를 테이블에 놓았다. 그사이 세희는 창마다 있는 블라인드를 내려 바깥에서 안을 들여다볼 수 없게 했다.

"이거 지옥의 떡볶이야. 하긴, 우리 다 지옥을 경험했으니까 이 정도 매운맛은 견딜 수 있을 거야."

매운 냄새가 코끝을 때렸다. 세희는 잠깐 망설였다. 매운 걸 먹고 나면 속이 쓰렸고, 그런 상태에서 약을 먹으면 허리를 못 펼 정도로 아팠다. 세희가 한 개 먹는 동안 오천은 세 개, 다인과 지현은 다섯 개를 먹었다.

"와, 정말 맛있다. 난 이렇게 혀가 아릴 정도로 매운 걸 먹으면 기분이 좋아지더라."

다인이 씁씁하하, 소리 내며 떡볶이를 먹었다.

"편다인, 매운 거 좋아하는구나. 이거 3단계인데, 다음에 나랑 4단계 같이 먹으러 가자."

"진짜? 그럼, 마라탕도 좋아해?"

"마라탕 콜! 내가 아는 마라탕 맛집 있어. 혼자 가긴 좀 양이 많은데, 잘됐다!"

지현과 다인은 쿵짝이 맞아 신나게 떠들었다. 오천이 세희에게 물을 건넸다. 매워서 천천히 먹던 세희는 물을 벌컥벌컥 마셨다.

네 사람은 그동안 일어난 일들을 털어놓았다.

연이어 공격당한 오천은 썰물 게임이 끝날 때까지 헛구역질을 연신 했고, 마지막 헛구역질에 턱이 달달 떨릴 즈음 '알 수 없음'이 싸킹을 제지했다. 그리고 다인이 오천에게 따로 연락했다. 오천은 싸킹에게 대든 알 수 없음과 다인, 글라가 걱정스러웠다. 이래도 될까, 겁도 없이. 헛구역질은 멈췄지만, 딸꾹질이 시작되었다. 싸킹이 알 수 없음을 어떻게 대할지 눈앞에 그려졌다. 싸킹이 게임을 벌인 지난 한 달 반 동안 휴대폰에 뜨는 모든 글과 문장이 누군가를 공격하는 무기로 보였다. 남을 찌르거나 베지 않으면 내가 당할 수 있다는 생각은 스스로를 움츠러들게 했다.

"난 밤새 한숨도 못 잤어. 대형 사고잖아. 넌 싸킹이 그다음 어떤 일을 벌일지 불안하지 않아? 게다가 나는 네가 알 수 없음인 줄 몰랐어. 있는 듯 없는 듯, 공기나 구름처럼 그냥 그 자리에 있는 닉네임이잖아. 그래서 사실은……."

오천이 말을 끝맺지 못하고 머뭇거렸다.

"사실은 뭐?"

지현이 물었다.

"알 수 없음이 싸킹인 줄 알았어. 말하자면, 싸킹의 위성이나 아바타 같은?"

그 말에 긴장이 살짝 풀렸다. 세희는 미소를 살짝 지으며 포크를 내려놓았다.

"위성이나 아바타는 맞아. 하지만 싸킹이 아니라, 내 위성이야. 내가 닉네임을 두 개 쓰거든."

세희가 주머니에서 휴대폰 두 개를 꺼냈다. 하나는 최근에 '씨커'라는 닉네임으로 자주 활동하는 휴대폰이고, 다른 하나는 '알 수 없음'으로 접속하는 휴대폰이었다.

"싸킹이 링크를 보내면 내가 알 수 없음으로 링크를 보내. 말하자면, 씨커가 알 수 없음을 초대하는 거야. 다인이도 그렇게 불렀고."

다인은 빙그레 웃었고, 오천은 떡볶이를 놓쳤고, 지현은 포크로 떡볶이 두 개를 찍어 한꺼번에 입에 넣었다. 세희는 싸킹이 알 수 없음이 게임에서 나가더라도 불러오지 않았고, 심지어 어떤 문장부호나 이모티콘을 찍지 않아도 거들떠보지 않았다고 했다.

"그런데 어제는 좀 의외였어. 연달아 한 사람을 공격한 건 처음이었거든. 혹시 왜 그랬는지 짐작 가는 건 없어?"

세희가 조심스럽게 물었다.

"밤새 생각해 봤어. 내가 누군가에게 상처를 줬는지, 잘못한 게 있는지. 그런데 다 마음에 걸리더라고. 썰물 게임에서 여러 사람에게 욕했잖아. 내가 쓰는 아이디를 나로 짐작 못 했을 수도 있지만, 내가 욕했다는 사실은 변하지 않으니까. 그렇게 따지자면 반 애들 전체가 날 미워하겠지."

오천이 중간중간 한숨을 섞어 가면서 후회했다.

"하지만 싸킹은 누가 어떤 아이디를 쓰는지 알잖아? 걔가 초대했다면서."

다인이 핵심을 짚었다.

세희는 그동안 캡처한 사진들을 친구들에게 보였다. 휴대폰 화면을 자세히 보기 위해서 머리를 맞대거나 돌려 보기도 했다. 손에서 손으로 건너갔다가 다시 세희에게 돌아오면 다음 사진으로 넘겼다.

"좀 이상한 게, 내가 '알 수 없음'을 초대했는데 우리 반 정원과 같아. 그리고 자기가 초대하지 않은 '알 수 없음'이 채팅방에 남아 있는데도 싸킹은 나를 투명 인간 취급했거든. 한 번도 '알 수 없음'을 공격하지 않았어. 권오천이 나를 싸킹이라고 착각할 만큼."

오천이 이맛살을 찌푸렸다. 그러고는 이마를 두 손가락으로 쓸어 올렸다가 내렸다가 했다. 거듭된 마찰에 빨개진 이마에서 손가락을 떼며 오천이 입을 열었다.

"어젯밤에 남혁이랑 통화했거든. 이럴 때까지 가만있을 거냐고. 그랬더니……."

"그랬더니?"

다인이 오천에게 바짝 다가앉으며 물었다. 세희는 귀를 쫑긋 세우며 오천이 말을 잇기를 기다렸다.

"걔는 한 번도 썰물 게임에 참가한 적이 없대. 그게 뭐냐고 오히려 묻던데."

그때까지 떡볶이를 계속 먹으면서 듣고 있던 지현이 "하!" 소리와 함께 거친 숨을 내뱉었다. 매운 냄새가 물씬했다.

"임세희, 싸킹이 누군지 알아?"

지현이 묻는 말에 물음표가 잔뜩 묻어났다.

"그걸 모르겠어. 지금까지는 싸킹이 의도한 대로 흘러왔잖아.

싸킹도 변화가 없었지. 그런데 이젠 조금 달라지지 않을까? 이럴 때 사람들은 실수하잖아. 아주 사소한 실수라도 단서가 될 수 있으니까. 확실한 증거, 그게 없으면 아무도 우릴 믿지 않아. 설명하고 애원해도 소용없어."

세희가 단호하게 말하자 지현이 포크를 뺀었다. 떡볶이 국물이 새빨갛게 묻은 포크가 세희를 똑바로 가리켰다.

"왜 그렇게 생각해? 그럴 이유가 있어?"

이번에는 세희가 한숨을 내뱉었다. 어디에서부터 어디까지 이야기해야 할지 가늠하기 힘들었지만, 싸킹이 벌인 일을 끊기 위해서는 혼자 할 수 없었다. 편두통이 시작되었고 숨소리가 거칠어졌다.

"야, 임세희, 왜 그래?"

다인이 세희의 어깨를 감쌌다. 세희는 대답할 틈 없이 곧바로 주머니에서 약병을 꺼냈다. 손을 덜덜 떨며 뚜껑을 열자 오천이 물을 건넸다. 그리고 다인이 약병을 살폈다.

"괜찮니, 임세희?"

걱정스럽게 묻는 다인이 말투가 세희를 어루만졌다.

"심호흡해. 우린 괜찮아. 그렇지, 권오천? 황지현?"

"응? 응. 당연하지."

지현이 담요를 찾아와 덮어 주었다.

"너도 참, 이런데도 맞섰어? 대단하다. 용감해, 임세희."

세희는 가쁜 호흡을 몰아쉬면서도 지현이 하는 말에 반박하고 싶었다. 용감하다니, 말도 안 된다. 세희는 두렵고 무거웠다. 동시에 말도 안 되는 게임을 멈추고 싶었다. 그런데 또 다른 마음이 세희를 머뭇거리게 했다. '옳다고 생각하는 방향이 아니라 확실한 방향으로 움직여야 한다, 그래야 끝이 난다.' 그런 생각이 들 때마다 숨이 가쁘고 눈앞이 아득했다.

뜬금없이 아파트 현관 앞에서 서성이던 남자가 떠올랐다. 닫히려는 문을 열고 들어오는 사람도 생각났다. 낯설면서 동시에 익숙했다. 조금씩 낮아지던 불안이 훅 치솟았다. 온몸이 무거웠다.

"이런 걸 손에 쥐면 덜 불안하더라."

오천이 키링을 세희 손에 쥐여 주었다. 세희는 숨을 쌕쌕 몰아쉬며 키링을 꽉 움켜잡았다. 키링 끝에는 손에 쏙 들어오는 크기의 토끼 인형이 달려 있었다. 부드러운 털과 말랑말랑한 몸통이 손을 간지럽혔다.

싸킹과 썰물 게임을 이야기하다가 모자를 쓴 남자를 떠올렸다. 이 모든 것이 한꺼번에 섞이면서 고요한 상태를 벗어났다. 세희는 흥분했고, 두려웠다. 동시에 답답한 상황을 깨뜨리고 싶었다.

"우리 편이 더 필요해."

주먹을 불끈 쥔 지현이 말하자 다인이 고개를 끄덕였다.

"어떻게 하려고?"

오천이 물었다.

"우리가 잃어버린 친구들을 찾아야지. 그리고 우리 넷이 누군지 다른 애들한테는 비밀이야. 특히 세희! 세희는 싸킹이 누군지 찾아봐. 다른 증거를 찾으면 우리가 알려 줄 테니까."

지현이 테이블 위에 손을 얹었다. 그 위에 다인이 손을 겹쳤고, 오천이 곧바로 따라 했다. 세희는 숨을 깊이 들이마셨다. 널뛰듯 움직이는 심장 박동이 귀에 들렸는데, 두 눈에는 겹쳐진 세 손만 보였다. 어쩌면 이것이 기회일지 모른다. 더 늦기 전에, 더 힘들기 전에 바꿀 기회.

세희는 덜덜 떨리는 팔을 뻗었다. 친구들이 모은 손까지 닿기에는 힘이 부족했다. 그러자 포갠 손들이 세희 쪽으로 움직였다. 그래서 네 손이 간신히 모였다.

"휴!"

깊은숨을 토하는 세희의 손 위로 다인이 또 다른 손을 포갰다.

보복

싸킹은 오천과 다인, 지현이 어떤 닉네임을 쓰는지 알았다. 그래서 오천과 지현, 다인에게 메시지를 보냈다. 이번 메시지는 사이버 세계가 아니라 현실 세계에서 전달되었다. 하지만 '알 수 없음'이 누구인지는 아직 모르는 것 같았다.

등교한 오천은 사물함 앞에서 짧게 욕을 내뱉었다. 자물쇠를 다는 부속이 부서지고 문짝이 덜렁거렸으며 자물쇠는 사라진 상태였다. 사물함에 있던 교과서는 상태가 심각했다. 표지가 찢어진 채 양동이에 빠졌다 나온 듯 물이 뚝뚝 흘렀다. 오천은 "젠장!"이라고 읊조리면서 체육복으로 교과서를 닦아 냈다.

다인은 사라진 실내화를 찾아다녔다. 한참을 찾았으나 결국 못

찾자, 다인이 소리쳤다.

"다시 실내화 건드리면 가만 안 둔다! 누구 짓인지 밝혀지면 손해 배상 청구하고 정신적 피해 보상도 받을 거야. 알아들었어?"

지현은 칼로 찢긴 가방 밑바닥을 확인하자 담임에게 보였다.

"오늘 오전까지 멀쩡했어요. 그런데 지금 이래요."

"누가 이랬니?"

"저도 모르죠. 하지만 이건 나쁜 짓이에요."

"당연하지!"

흥분한 담임은 누가 이런 짓을 했느냐고 물었다. 아무도 대답하지 않았다. 이번에는 이런 짓을 할 만한 사람이 누구인 것 같으냐고 묻자, 아주 조그맣게 "싸킹이오."라는 소리가 들렸다.

"뭐라고? 누구라고?"

담임이 물었다. 소리가 아주 작았을 뿐만 아니라 싸킹의 존재를 모르는 담임에겐 낯선 단어와 소음에 불과할 정도였다. 그리고 그 단어에 민감하게 반응하는 사람이 눈에 띄었다. 회장 최남혁이었다.

담임은 분노했지만 싸킹이라는 단어를 크게 말하는 사람은 없었다. 심지어 지현과 다인, 오천과 세희도 말을 꺼내지 않았다. 심증은 있지만, 물증이 없기 때문이었다. 교무실로 따라간 지현은 쇼핑백을 들고 와서 다시 으르렁거렸다.

"비겁한 자식!"

그러는 동안에도 지현은 세희와 눈을 맞추지 않았다. 그 대신 메시지를 보냈다.

- 커터 날 하나가 박혀 있더라. 혹시 모르니까 그건 내가 보관할게. 안 건드렸어.

메시지를 확인하던 세희는 소름이 돋은 팔을 연신 쓸어내렸다.

남혁이 썰물 게임에 참여하지 않았다는 사실을 들었지만, 오천이 한 말을 믿어야 할지 확신할 수 없었다. 남혁은 싸킹이라는 단어를 듣자 웃음기를 걷었고, 쉬는 시간에 오천을 불러내 복도에서 소곤거렸다.

- 남혁이 왜 널 불러냈어?

세희가 보낸 메시지에 오천이 답했다.

- 그거 싸킹이 한 짓이냐고. 싸킹이 누군지 아느냐고 묻던데? 그래서 젖은 교과서를 보여 줬지.
- 정말 모르는 것 같아?
- 초등학교 때부터 친구였어. 걔는 뭘 숨기면 얼굴에 다 나타나는 타입이야.

세희는 오천도 완전히 믿지 않았다. 그런데 오천은 남혁을 믿었다. 그런 믿음은 어디에서 오는 걸까.

- 사물함에 다른 건 없었어?
- 아, 사물함에 빈 생수병이 있더니 3교시 끝나자 사라졌어.
- 3교시면, 체육?
- ㅇㅇ

사이버 세계에서 싸킹은 철두철미했다. 썰물 게임에서 자신을 노출하지 않되 사람들을 쥐락펴락했다. 싸킹이 갖고 있는 건 친구들의 명단과 집중력이었다. 대부분 닉네임만 바꿀 뿐이지만 싸킹은 닉네임, 배경 사진, 프로필 사진까지 모두 바꿨고 끝나고 나면 도저히 찾을 수 없게 사라졌다. 마치 알 수 없음이 그렇듯이. 세희가 싸킹을 찾듯이 싸킹도 알 수 없음을 찾고 있을 것이다. 이런 경우에는 둘 중 먼저 찾는 사람이 훨씬 유리하다.

점심을 먹은 뒤 책상에 엎드렸다. 오전 내내 친구들을 지켜보느라 피곤했고 식곤증도 밀려왔다. 세희는 자신을 바라보며 엎드린 다인과 눈을 맞추다 스르르 잠이 들었다.

"내가 뭘 했다고?"

누군가 이렇게 말했다. 앳된 남자 목소리였고, 낯설지 않았다.

"선배가 그랬잖아요!"

세희가 울먹이며 말했다. 그러자 또 다른 사람이 말했다.

"학생, 우리 애가 그랬다는 증거 있어? 증거 있냐고."

또 다른 목소리가 들렸다.

"이봐요! 그럼, 우리 애가 없는 일을 지어 냈단 말인가요? 무슨 말을 그렇게 해요?"

화가 잔뜩 난 엄마 목소리가 귀를 때렸다. 세희는 쌕쌕 숨을 몰아쉬면서 스르륵 미끄러졌다.

"임세희, 괜찮아?"

다인이 세희를 흔들어 깨웠다. 몸을 일으키던 세희는 얼굴에 묻은 물기를 닦았다. 손바닥에 물기가 축축하게 묻어났다.

"무슨 꿈을 꿨어? 너, 엄청 서럽게 울었어."

"어? 그러게……."

세희는 꿈에서 들었던 소리에 주목했다. 단순한 꿈치고는 너무 생생했다. 네 사람이 나누는 대화에는 긴장감이 가득했고, 그 상황이 익숙했다. 선배라는 앳된 목소리가 떠오르자 심장이 조여들었다. 무슨 일인지 기억나지 않았지만, 하나는 확실했다. 그 목소리 때문에 모든 게 틀어졌다. 잊으려 했던 그 목소리가 왜 떠오른 걸까.

손을 바들바들 떨면서 약병을 찾는 세희 대신 다인이 가방을 뒤졌다. 그러고는 약을 꺼내 세희 입에 넣었다. 세희는 물 없이 약을 삼켰고, 다인은 교실로 들어서는 수학에게 말했다.

"선생님, 세희가 아파요. 제가 보건실에 데려다줄게요."

수학이 그러라고 허락했다.

세희는 다인이 부축하는 대로 이끌려 보건실로 향했다.

"우리 친구지?"

"응."

축 늘어진 몸에 조금 힘이 들어갔다. 혼자가 아니라 누군가 옆에 있다는 것, 특히 친구라면 약보다 효과가 빠르다.

"고마워."

있는 힘을 끌어모아 겨우 꺼냈다. 다인은 알았다는 짧은 대답과 함께 세희를 단단하게 붙잡았다.

보건실 침대에 누워서 숨을 골랐다. 숨이 제자리를 찾아갈 즈음 쿵, 소리가 침대 옆을 울렸다.

- 잊지 마. 나는 너희들이 누군지 알아.

싸킹이 남긴 문장이 운석처럼 떨어졌다. 뾰족하고 무겁고 차가웠다. 목에 쿵, 심장에 쿵쿵, 손과 발에 쿵쿵쿵, 계속 떨어졌다. 세희는 눈을 똑바로 떴다. '생각일 뿐이다. 문장이 나를 덮칠 리 없다. 정신 차려, 임세희!' 기필코 저 문장을 쓴 사람을 찾아내리라. 어떻게 해서 여기까지 왔는데, 어떻게 만난 친구들인데! 세희는 끙끙 앓으면서 눈에 보이지 않는 문장들과 싸웠다.

다인이 재활용 분리배출을 하는 당번이었고, 세희가 도와주겠다고 나섰다. 두 사람은 커다란 휴지통에 마구잡이로 들어 있는 재활용품들을 분리했다. 오천이 사물함에서 생수병을 발견했다가 사라졌다고 했으므로 일단 생수병부터 따로 뺐다. 그러다 중간쯤에 파묻힌 실내화 한 짝을 발견했다.

"이거 내 건데?"

기가 막힌 다인이 헛웃음을 지었다.

"부지런하네, 참. 한 짝은 어디에 버렸을까?"

"그러게. 여긴 한 짝밖에 없는데. 쓰레기통을 뒤져 볼까?"

"걔가 그냥 버리지 않고 엉뚱한 짓을 했을 수 있잖아. 그냥 깔끔하게 버릴래. 아니다, 일단 사진부터 찍자."

다인이 휴지통에 들어 있던 실내화 한 짝을 사진으로 찍었다.

생수병은 일곱 개였다. 하나는 라벨을 뗀 상태였고, 하나는 발로 밟아서 찌그러뜨린 상태였고, 하나는 입구에 립스틱이 묻어 있었다. 생수병 일곱 개를 그 자리에 둔 다음 교실에서 가방을 가져와 조심스럽게 넣었다.

"증거 수집하려고?"

다인이 물었다.

"응. 언제 쓰일지 모르지만, 그래도 싸킹이 쓴 게 있을 거야."

"임세희, 전부터 물어보고 싶었는데 왜 이렇게 증거에 집착해? 너한테 무슨 일이 있었던 거야?"

"무슨 일이라니?"

"네가 먹는 약 말이야. 철주희도 먹어. 그래서 철주희 상태를 누구보다 잘 알지. 만약 그렇다면, 참지 말고 나한테 도와 달라고 해."

나란히 걷던 세희가 멈춰 섰다.

"철주희도 먹는다고?"

"그렇다니까. 만약에 너한테 무슨 일이 생기면 난 발 벗고 도울 거야. 이 학교에 전학 왔을 때 처음 사귄 친구, 내 짝, 알 수 없음으로 숨어 있지만 싸킹을 쫓는 추적자. 네가 얼마나 멋진 녀석인지 너만 모르지?"

다인이 세희를 툭 쳤다. 긴장해서 굳어 있던 세희는 막대처럼 옆으로 꼿꼿하게 기울어졌다. 김 박사는 잘하고 있다, 아빠는 별일 없지, 엄마는 괜찮다, 이렇게 말하곤 했다. 모두 세희를 응원했지만 걱정하고 위로하는 말들을 주로 했다. 그런 말들을 듣고 나서는 가끔 쓸모없는 인간이라는 자책에 빠지기도 했다. 떠오르지 않는 기억과 싸우면서, 기억이 남긴 소소한 파편들에 짓눌려 살면서, 비트가 빠른 소리에 과민 반응을 하는 사람으로 어쩌면 평생 살아야 한다는 사실에 기가 눌렸다. 그런데 멋지다, 이 말에 가슴이 짜르르 떨렸다. 아주 낯선 말이었고, 어쩌면 정말 괜찮은 사람일 수 있다는 긍정 신호가 마음 한구석에서부터 올라왔다.

"제대로 쫓지도 못하는데 뭘."

"언젠가는 꼬리를 밟힐 거야. 걔도 사람이잖아."

다인이 씩씩하게 하는 말에 세희는 또 한 번 뭉클했다. '멋지다'라는 말에 심쿵 했고, 언젠가 싸킹을 잡을 수 있다는 희망에 부풀었다. 그래서 아직 해 보지 않은 일을 하기로 결심했다.

"잠깐 시간 있어, 편다인?"

"떡볶이 먹을 정도? 아니면 공원 근처에 있는 마카롱 먹을 시간은 있지."

"그럼, 마카롱을 먹자."

둘은 사이좋게 팔짱을 끼고 공원까지 걸어갔다. 마카롱 가게는 간판부터 벽까지 파스텔 톤이었다. 구석 자리에 앉은 두 사람은 색이 다른 마카롱 두 개를 시켰다.

"나한테 트라우마가 있어. 어마어마하게 세서 가끔은 스스로 주체하기 힘들 정도야. 특히 비트가 빠른 음악이 들리면 숨을 못 쉬거든. 공황 장애라고 그러더라. 그런데 그 이유가 생각나지 않아. 의사가 그러는데, 너무 힘든 기억이라서 내가 스스로 지웠대."

세희가 어렵게 털어놓았다. 그 말을 듣는 동안 다인은 마카롱을 포크로 잘랐다. 부드러운 마카롱이 짓이겨질 정도로 작은 조각이 될 때까지 잘라서 한 조각을 입에 넣었다.

"나는 이사를 자주 다녀서 친구들을 오래 못 사귀거든. 사귈 만하면 또 헤어지니까. 한창 힘들 때는 나 혼자 뚝 떨어진 것 같아서 많이 울었어. 나는 혼자 남는 게 트라우마야. 올랑이 공격받아서 혼자 남는 게 너무 힘들었어. 꼭 나를 보는 것 같았거든."

세희는 바스러진 마카롱 조각을 보며 고개를 끄덕였다. 누군가에겐 별일 아닌 일도 어떤 사람에게는 있는 힘을 다해야만 털어놓을 수 있다. 지금이 그랬다. 세희는 자유롭고 싶었다. 과거에 짓눌린 사람이 아니라 현재를 살고 싶었다. 그래서 또 다른 말을 꺼내기 시작했다.

"최근에 잊었던 기억이 다시 떠올랐어. 누군가가 나를 쫓아와.

아주 불안하고 싫은 느낌이 들어. 그 사람을 따돌리려고 애를 썼는데 잘 안돼. 그러다 무슨 일이 벌어지는데, 그 일이 생각나지 않아. 그런 다음에 나는 여러 사람과 이야기해. 그 사람과 그 사람 엄마가 나를 비난해. 자기 잘못이 아니라고 우겨. 증거가 없는데 어째서 자기 탓이냐고 해. 그 말을 들으면 나는 화가 나면서 억울하거든. 엄청 분통이 터지는 상황이랄까. 그보다 더 힘든 건, 엄마가 울어. 자꾸 울어. 화내면서 울어……."

덤덤하게 말을 잇는 세희에게 다인이 마카롱 접시를 밀었다. 짓이겨진 다인이 몫이 아닌, 반으로 곱게 잘린 세희 몫을 포크로 찍어서 세희에게 건넸다.

"기분이 나쁠 땐 단 게 좋더라. 난 그랬어."

세희는 마카롱을 입에 넣었다.

"그러니까 널 쫓아온 사람 때문에 네가 아주 힘들었고, 그사이 벌어진 일 때문에 기억까지 지웠다 이 말이지. 그래서 내가 누군가 쫓아오는 것 같다고 하니까 증거를 모으라는 거구나."

"맞아. 그리고 그 일 때문에 나는 전학을 두 번 했어."

"뭐? 두 번이나?"

"응, 나는 친구가 고팠어. 참, 요즘은 쫓아오는 사람 없어?"

"없어. 네 말대로 늘 휴대폰을 손에 들고 다니거든. 누군가 따라오는 기색이 보이면 바로 돌아서서 사진을 찍어. 조명을 팡팡 터뜨리면서. 그러니 따라오다가 도로 도망갔을 거야."

마카롱이 사르르 녹았다. 단맛이 불안함과 고통을 사르르 녹였다. 다시 힘든 시간이 오더라도 잘 버텨 낼 것 같았다.

"나는 힘들 때 이런 영상을 봐. 아, 너는 비트 빠른 음악을 싫어한다고 했으니까 소리를 아예 끄고 보여 줄게."

다인이 공연장에서 찍은 영상을 보여 주었다. 비가 오는 야외 무대였다. 비닐을 뒤집어쓴 스피커와 비에 젖은 뮤지션들이 보였다. 밴드 멤버인 가수가 마이크 앞에서 우물쭈물하며 노래를 불렀다. 비에 젖은 셔츠 앞섶은 색이 더 진했고, 가수는 이 무대에 확신이 없는 듯했다. 그러다가 갑자기 마이크 대에서 마이크를 빼서 무대 곳곳을 돌아다녔다. 마이크 방향을 객석으로 돌리기도 했고, 손짓으로 관객들을 부추겼다. 소리 없이 영상으로만 보기에는 별 기대 없이 무대에 올랐다가 갑자기 기분이 좋아진 것 같았다. 중간에 인이어를 빼고 소리를 듣고는 환하게 웃으며 방방 뛰었다.

"이게 뭐야?"

"이 사람이 있는 밴드가 별로 유명하지 않았거든. 그런데 한국에서 열린 페스티벌에 참가했다가 자기 노래를 떼창 하는 사람들을 보고 감동해서 이래. 생각해 봐. 영어를 모국어로 쓰는 나라가 아니니까 예상 못 했겠지. 하지만 많은 관객이 자기 노래를 따라 부르는 걸 보면 어떨까? 내가 이 가수라면 정말 너무 좋았을 거야. 기대하지 않았던 곳에서 자신을 응원하는 사람들을 만났잖아. 그래서 이 가수를 찾아봤어. 나중에 다시 내한 공연 오면 나도 가 보려고. 이렇게 활짝 웃는 모습이 보기 좋더라. 안 그래?"

세희는 다시 영상을 재생했다. 여전히 소리는 들리지 않았지만, 다인이 말처럼 환하게 웃는 남자가 보기 좋았다. 낯선 곳에서 뜻하지 않는 환대를 받는다면, 자신이 부른 노래를 따라 부르는 사람들이 한둘이 아니라면 누구라도 기분이 좋을 것이다. 무소음으로 영상을 보는 건 한계가 있었다. 세희는 남은 마카롱을 입에 넣고 영상에서 소리를 키웠다.

쿵쿵쿵, 드럼이 깔리고 베이스가 비트를 더했다. 건반과 기타가 소리를 더했고 그 위에 노래가 얹혔다. 쿵쿵쿵 소리는 여전히 위협적이었지만, 환하게 웃는 가수는 그 위협을 누그러뜨렸다. 드럼과 베이스가 심장을 쿵쿵 두드렸는데 마카롱 맛이 스르륵 불안을 달랬다. '괜찮아, 임세희 너는 멋지잖아.' 세희는 가슴을 손으로 꾹 누르면서 영상을 끝까지 봤다. 다인이 말이 맞았다. 환한 웃음과 즐거움이 고스란히 전달되었다.

"멋지다……."

세희가 힘이 쭉 빠진 목소리로 말했다.

"같이 노래 부르고 뛰면 신날 거야. 난 그런 날을 기다리면서 살거든. 그래서 이 사람이 부른 노래들을 다 찾아서 따라 부르곤 해. 언젠가 이 가수가 부르는 공연에 가서 떼창을 보란 듯이 하려고. 그게 내 첫 번째 목표야."

"첫 번째 목표?"

"두 번째 목표는 그 멋진 자리에 친구들이랑 같이 가는 거. 철주희랑 광주희도 같이 간다고 약속했어. 나중에 너도 같이 갈래?"

세희는 상상했다. 수많은 사람과 함께 노래 부르고 비트에 맞춰 춤을 추는 자신이 낯설었다. 만약 비틀거리거나 숨이 가쁘면 어쩌지? 다인과 철주희가 양손을 잡고 광주희가 어깨를 두드릴까?

"내가 같이 갈 수 있을까?"

"힘들면 안 해도 돼."

그날 세희는 오랜만에 비트가 두렵지 않았다.

용의자

싸킹이 다시 메시지를 보냈다. 이번에도 다인, 오천, 지현에게 보냈다.

- 감히 싸킹한테 도전하다니, 각오해!

다인과 오천은 그 메시지에 반응하지 않았지만, 지현은 달랐다.

- 감히라니? 네가 뭔데 감히야? 난 누군지 모르는 사람한테 더 이상 끌려다니지 않을 거야.

싸킹이 지현에게 온갖 욕설을 퍼부었다. 한 번이 아니고 네댓 번을 더 욕설로 가득한 메시지를 보냈다.

세희는 그 모든 메시지를 다 전달받았다. 꼬리가 길면 밟힌다는 속담처럼, 싸킹이 보낸 메시지에도 미묘한 변화가 감지되었다. 특히 지현에게 보낸 다섯 번째 메시지가 그랬다.

"여기 이거, 보여?"

지현이 손가락으로 메시지를 짚었다.

"'풀어진 휠로 매끄럽게 탈 수는 없다, 그런데 너는 풀어진 휠이 아니라 빠진 휠이야.' 이거?"

다인이 물었다.

"그래, 그랬더니 이 자식이 뭐라고 답했는지 봐. '휠이 빠지면 트럭으로 세우지 뭐.' 딱 감이 왔다니까."

지현만 그 메시지에 격하게 반응했고 나머지 셋은 어떤 의미인지 알아차리지 못한 채 눈만 껌벅였다. 지현은 공유 주방에 맴도는 정적을 알아차린 듯 크게 웃었다. 그러고는 칠판에 그림을 그렸다.

"내가 스케이트보드를 좀 타거든. 여기 데크가 있고, 데크 아래 트럭이 있어. 이건 휠과 휠을 연결하는 부품이야. 그렇다면 스케이트보드를 아는 자식이란 소리지."

지현이 큰 단서를 잡았다는 듯 아래턱을 내밀었다. 오천은 그 말에 솔깃했지만, 다인은 고개를 갸웃거렸다.

"그것만으로 어떻게 찾아? 학교에서 보드를 탈 일도 없는데."

"이 동네에서 보드를 마음껏 탈 수 있는 곳은 몇 군데 없어. 특히 이 광장에서 많이 타거든. 그래서 보드 타는 애들을 몇 명 알아. 문제는 우리 반 애들은 한 명도 못 봤거든. 그래서 이 단서를 어떻게 활용할지 고민스러워."

세희가 벌떡 일어났다. 누군가 보드를 들고 있고, 그 옆에서 휘청거리며 애타게 물을 찾았던 기억이 떠올랐다.

"아니, 나는 한 사람을 봤어."

지현이 세희에게 다가섰다.

"그게 누군데?"

"문중식. 걔도 스케이트보드를 타."

"중식이가?"

화들짝 놀란 지현이 되물었다.

"타는 걸 보진 못했지만, 보드를 가진 건 확실해."

오천이 고개를 갸우뚱했다.

"중식이 그럴 이유가 있을까?"

오천은 믿지 못했다. 사실 3반 친구들을 모두 모아 놓고 싸킹이 아닌 사람을 꼽으라고 한다면, 문중식이 1순위였다. 조용하고, 있는 듯 없는 듯 존재감을 잘 드러내지 않는 아이였다. 얼굴을 뒤덮은 붉은 여드름이 첫눈에 들어왔고, 제 이름이 불리면 얼굴 전체가 여드름만큼 붉게 변했다. 부끄러움이 많아서 큰 소리로 대답도 하지 못했다.

"나도 중식이 보드 타는 걸 한 번도 못 봤는데……."

지현이 작은 소리로 말했다.

세희는 단호하게 말했다.

"나는 분명히 봤어. 지현이가 알바하는 그 편의점에서 중식이 보드를 들고 있던 걸 봤어."

"그게 언젠데?"

"보름 전쯤."

"그럼 내가 CCTV를 돌려 볼게. 점장에겐 적당하게 둘러대고. 그런데 몇 시쯤이야?"

지현이 물었다. 세희는 당시 상황을 다시 떠올렸다. 다시 심장이 쿵쿵 뛰었지만, 견딜 만했다. 이 정도쯤은 이제 괜찮았다.

"일곱 시쯤이었어."

"어둑해질 때 혼자 타는 애들이 있긴 한데, 진짜 보드 타는 걸 보여 주기 싫은가보다. 나는 잘 타든 못 타든 환할 때 타거든."

지현은 스케이트보드 대회에 출전하기 위해서 아르바이트를 했다. 새 보드를 사고, 보호 장구를 보충하고, 연습장까지 오가는 차비를 마련하고, 먼 데서 열리는 대회장까지 가는 차비와 숙소 비용이 필요했다. 인생에서 스케이트보드가 가장 큰 부분을 차지했고, 나머지는 대충 살았다. 공부나 친구도 마찬가지였다. 학교는 재미없는 곳이고 친구들도 마찬가지였다. 보드를 아는 친구들이 없으니 보드가 전부인 지현과 말이 섞이지 않았다. 보드에 깊이 빠진 지현에겐 보드 이외의 세상은 관심 없었다. 썰물 게임도 마찬가지였다. 잠깐, 짧게 욕을 쓰고 나가면 그만인 게임에서 별다른 의미를 두지 않았다. 그랬던 지현은 다인이 쓴 글에 흔들렸다. '맞아, 이건 페어플레이가 아니야.' 지현이 가진 가장 큰 장점은 한번 꽂히면 무섭도록 큰 집중력을 발휘하는 것이다. 그래서 보드 말고 또 다른 관심사인 '싸킹'에 집중했다. 싸킹이 누구인지 알아보기 위해 이렇게 찌르고 저렇게 달래면서 어떻게든 대화를 이어 가려 노력했다. 그러다 보드를 타는 사람이라는 것까지 알아냈다.

"그리고 중식이는……."

세희가 말을 이었다.

"썰물 게임 다음 날, 친구들이 게임에 대해 수군거릴 때 반응이 없던 사람들 가운데 하나였어."

잠시 침묵이 이어졌다. 그동안 중식이 교실에서 한 행동들과 싸킹을 연결하면서 가능성을 점치는 중이었다. 하지만 둘 사이의 차이가 너무 커서 선뜻 중식이 싸킹이라고 단정 짓기에는 힘들었다.

"나도 정확하게는 몰라. 하지만 이건 확실하게 알아. 보이는 게 다는 아니잖아."

다인이 입을 열었다.

"오케이, 그럼 이렇게 하자. 중식이를 집중해서 살펴본 다음, 걔가 어떤 행동을 하는지 조합하자. 그럼 뭐든 방법이 나올 거야."

"콜! 그리고 임세희, 우린 친구야. 맞지?"

지현이 쐐기를 박듯 물었다.

"당연하지."

세희가 방긋 웃자 오천도 조그맣게 "임세희."라고 불렀다. "왜, 친구!" 세희는 부러 더 크게 대답했다. 아무렇지 않게 털어놓아도 될 만큼 신뢰가 쌓인 관계가 늘었다. 기분이 좋아진 세희는 가방에 달린 키링으로 손을 뻗었다. 그런데 아무것도 없었다.

"어디 갔지?"

"뭐가 없어졌어?"

"키링. 여기 달아 뒀는데."

"빠졌나? 다음에 다른 걸로 줄게."

오천은 대수럽지 않게 이야기했다. 세희도 웃으며 넘겼다. 온기가 가득한 친구들이 옆에 있으니 키링이 없어도 버틸 만했다.

떠오른 기억

지현은 지숙에게, 오천은 남혁에게 도움을 청했다. 지숙은 지현에게 들은 이야기들을 믿지 못하겠다는 듯 세희에게 슬쩍 다가왔다.

"지현이가 하는 말이 맞아?"

세희는 큰 소리로 딴청을 부렸다.

"숙제가 있었다고? 어디?"

당황한 지숙이 얼버무리자 세희는 다시 똑같은 질문을 던진 뒤 수학책을 폈다. 그러고는 빈자리에 글자를 썼다.

'싸킹 추적 중.'

굳었던 지숙이 표정을 누그러뜨리면서 그 문장에 다른 문장을 덧붙였다.

'나도 도울게.'

남혁은 지숙보다 빨리 받아들였다. 한 번도 그 게임에 참가하지 않았기 때문에 무슨 일이 벌어지는지 몰랐고, 가라앉은 반 분위기와 일상에서 툭툭 튀어나오는 욕에도 그러려니 했다고 말했다.

세희는 싸킹에게 반대하는 사람들이 하나씩 늘어날 때마다 단톡방에 초대했다. 그리고 지금까지 일어난 상황을 정리했다. 지숙은 싸킹이 보낸 메시지들을 단톡방에 올렸다.

- 걔는 도대체 누군데 이런 짓을 하는 거야? 이건 당장 선생님께 알려야 해.

남혁이 찍은 문장에 돌아가면서 답장을 남겼다.

- 이건 반에서 없어진 지갑과 그걸 가져간 사람을 찾는 것과 같아. 찾긴 찾았는데, 진짜 가져간 사람이 아닐 수도 있잖아. 누군가를 시기한 애가 다른 사람이 오해받게끔 조작할 수도 있으니까.

다인이 남긴 글에 세희가 고개를 끄덕였다.

- 확실한 증거를 찾아야 해. 그러니까 싸킹이 메시지를 보내면 여기다 알려 줘. 그 메시지 전체를 캡처하고, 혹시 상메나 프사가 바뀌면 꼭!'

세희는 그 문장을 쓰고 난 뒤 휴대폰을 떨어뜨렸다. 증거, 증거, 증거, 이 단어를 가장 많이 썼다. 그럼에도 왜 이런 반응을 보이는지 아직 모르는 상태였다. 예전에는 불안하고 답답했는데 이제는 알고 싶었다. 다인이 보여 준 무소음 영상처럼 가장 중요한 한 가지가 빠진 채 삶이 굴러가는 것 같았다. 어떻게든 벗어나고 싶었다. 무엇 때문에 힘든지 그 사실을 확실히 안다면 고칠 가능성도 높아질 것 같았다.

"정말 그러고 싶어요? 후회할 수도 있을 텐데……."

김 박사가 말렸다.

"저는 진실이 알고 싶어요."

김 박사는 더 이상 알지 않기를 바랐지만, 세희는 그 반대였다. 싸킹이 썰물 게임을 시작했을 때, 그냥저냥 시간이 흘러가길 바랐다. 그러다 보면 괜찮아지리라고 판단했다. 하지만 미적대는 사이, 싸킹에게 끌려가는 사이에 다른 사람을 믿지 못하는 마음이 점점 더 자랐다. 그러나 지금은 옆에 친구들이 있고, 이 상황을 더 이상 끌고 싶지 않았다. 어떻게든 해결하고 싶었고, 멈추고 싶었다.

다인은 세희가 어떤 상황에서 불안을 느끼는지 듣고 난 뒤, 더 자세히 듣고 싶어 했다. 그래서 세희는 생각나는 대로 띄엄띄엄 이야기하곤 했다. 누군가 쫓아오고, 그 사람이 현관으로 들어오지 못하게 필사적으로 막고, 동시에 얼굴을 찍거나 침입을 입증할 증거를 남기려고 노력했다고 말했다. 다인은 세희의 이야기를 귀 기울여 들었다.

"그럼 나도 대책을 강구해야겠다."

"무슨 대책?"

"누군가 자꾸 따라온다고 했잖아. 안 그래도 불안해서 아빠랑 이야기했거든. 울 아빠가 길길이 날뛰셨어. 대한민국 육군 중위를 뭘로 보냐고, 군인 아파트인 줄 모르고 겁도 없이 따라오느냐고 난리 치시더라고. 그래서 조치를 좀 취했지. 아랫집 윗집에도 알렸어."

"별일 없을 거야, 걱정하지 마."

"나도 알아. 겁 없이 나를 따라오는 그 사람이 걱정할 일이지. 안 그래?"

"맞아."

낄낄대며 다인과 복도를 걷는데 신승희가 급하게 따라왔다.

"편다인, 너 치마에 샜어."

"응?"

"샜다니까. 그날 아니야?"

다인이 고개를 돌려 치마 뒷부분을 확인하고는 얼굴이 새빨갛게 변했다.

"없으면 내가 빌려줄게."

승희가 주머니에서 생리대를 꺼내 건넸다. 다인은 화장실로 바로 들어갔고 세희가 체육복을 갖다주었다.

"여기 애들은 생리대를 빌려주면서 언제까지 갚으라는 말을 안 한다."

다인이 쿡쿡 웃었다.

"그 말이 맞네. 너는 언제 갚을 건데?"

"다른 걸로 갚으면 돼. 아, 승희도 우리 편으로 오라고 해야겠다."

세희는 승희가 그동안 썼던 독한 문장들을 떠올렸다. 조금 전에 생리대를 건넨 승희와 썰물 게임에서 만난 승희는 전혀 다른 사람 같았다. 승희뿐만 아니라 다른 친구들도 마찬가지였다. 어떤 모습이 진짜인지 헷갈렸다. 그래도 곤란한 친구에게 선뜻 손 내미는 모습을 갖고 있으니 나쁜 사람 같진 않았다.

"네 맘대로 해."

세희는 불안과 불신이 수시로 찾아오는 자신보다 다인을 믿었다. 사람을 잘 믿지 않는 세희와 달리 다인은 다른 사람을 잘 믿었다. 썰물 게임에 끼어든 친구들이 자기 뜻과는 다르게 더 센 문장을 썼으리라고 믿는 편이었다. 만약 다인이 학기 초부터 있었다면, 싸킹이 게임을 계속했을까?

"오늘 우리 집에 놀러 갈래, 임세희? 이따 엄마가 데려다주신대."

"좋아."

세희와 다인은 문구점에 잠깐 들러 스티커를 몇 장 샀다. 다이어리를 꾸미는 데 필요한 스티커는 계속 신제품이 나와서 한번

맛 들이면 용돈을 탕진하기 일쑤였다. 세희는 두 장, 다인이는 다섯 장을 골라서 다인이 집으로 향했다.

"나는 건물 정면에 '군인 아파트'라고 써 있을 줄 알았어."

"그럴 리가. 그래도 뭐, 군인 가족들은 다 알아봐. 아, 저곳이 군인 아파트구나 하고. 군인을 드러내는 단어가 주로 쓰이거든."

둘은 킬킬 웃으며 층계를 올랐다. 3층에 도착했을 때 다인이 문손잡이에 걸린 비닐봉지를 발견했다. 봉지를 갖고 집으로 들어선 다인이 내용물을 꺼내 들었다.

"이게 뭐야?"

세희는 다인이 든 생리대를 뚫어지게 보았다.

"여긴 생리대 배급도 해?"

"그럴 리가. 이런 경우는 처음이야. 이런 걸 누가 뒀을까?"

"편다인, 누가 널 쫓아온다고 했지?"

"그랬지. 좋아, 그럼 비장의 무기를 꺼내야겠네."

"비장의 무기?"

"내가 그랬잖아. 대책을 세운다고. 그래서 현관 앞에 CCTV를 달았지. 공동 현관에도 있으니까 우리 집하고 현관 걸 합하면 단서가 나오겠지? 네 말대로 증거가 제일 중요하니까."

다인은 곧바로 아빠에게 전화해서 CCTV 확인하는 방법을 물었다. 그러고는 노트북에서 번호를 입력했다. 곧 화면 가득 현관 앞 상황이 드러났다. 오늘 아침부터 지금까지 시간을 설정하고 꾸준히 기다렸다. 하교 시간을 지나 평소처럼 다인이 집에 도착할 시간이 되자 누군가 현관 앞에 나타났다. 검은 옷에 검은 모자를 쓴 사람이 현관 앞을 서성이다가 비닐봉지를 문고리에 걸었다. 그러고는 재빨리 사라졌다.

세희는 숨쉬기가 곤란했다. 그리고 다인이 애타게 부르는 소리가 아득하게 들렸다. 가슴이 조여들었고, 눈앞이 흐려졌다. 동시에 꾹꾹 눌렀던 기억들이 한꺼번에 터져 나왔다.

세희는 발걸음이 가벼웠다. 이어폰에서는 좋아하는 음악이 흘러나왔고, 날씨도 좋았다. 어떤 수업은 못 알아들었지만, 좋은 질문을 했다는 칭찬을 받은 수업도 있었다. 그럭저럭 좋은 날이었다.

집으로 들어가는 현관에서 인기척이 들렸지만 무시했다. 그 사람은 검은 옷에 검은 모자를 눌러썼고, 세희보다 키가 컸다. 그리고 세희와 같은 엘리베이터를 탔다. 그때까지 세희는 노래에 빠져 있었다.

현관문을 열고 들어가 가방을 내려놓았을 때 닫히던 문이 다시 열렸다. 그러고는 같은 엘리베이터를 탄 사람이 뒤따라 들어왔다.

"누구세요?"

그 사람이 모자를 벗었다. 한 학년 위 선배였다.

"나 알지, 임세희?"

온몸에 소름이 돋았다. 그 선배는 같은 동아리 활동을 하면서 만났을 뿐이다. 알려 주지 않은 집으로 들어선 남자 앞에서 세희는 겁에 질렸다.

"네, 그런데 선배님이 여길 왜? 우리 집까지 왜 따라오셨어요?"

최대한 담대하게 말하려 했으나 목소리가 떨렸다. 선배는 대답 대신 달려와 세희를 끌어안았다. 세희는 뿌리쳤고, 선배는 막무가내였다. 그리고 선배는 자기 휴대폰에서 락 음악을 크게 틀었다. 비트가 빠르고, 쿵쿵 소리가 요란했다. 세희가 무슨 소리를 내든 그 음악 소리에 묻혔다. 몇 번의 실랑이 끝에 선배가 세희의 뺨을 때렸다. 선배는 맨손이 아니라 라텍스 장갑을 끼고 있었다. 그러고는 억지로 교복을 벗기려 했다. 세희는 발악하고 소리를 질렀다. 그때 초인종이 울렸다.

"택배요!"

택배 배달원 목소리가 눈물 나게 반가웠다. 인기척을 들은 선배는 후다닥 휴대폰과 모자를 챙겨서 집을 빠져나갔고, 충격을 받은 세희는 한참을 웅크려 있었다. 저녁에 엄마에게 이 사실을 털어놓았다. 엄마와 아빠는 노발대발하며 담임에게 이 사실을 알렸다.

선배는 말간 얼굴로 앉아서 손톱을 튕겼다.

"제가 뭘 했는데요? 증거 있어요?"

기가 막혔다. 세희는 선배가 한 행동을 모두 말했지만, 아무도 믿지 않았다. 아파트 현관에 있는 CCTV를 살펴본 결과, 선배는 여러 번 세희를 뒤쫓아 왔다. 처음에는 아파트 현관 앞, 그다음에는 엘리베이터 앞, 그다음에는 여러 사람과 같이 엘리베이터를 탔다. 조금씩 천천히 따라오는 동안 세희는 전혀 눈치채지 못했다.

"그러니까, 우리 애가 뭘 어떻게 했는지 증거도 없잖아요?"

팔짱을 낀 선배 엄마가 말했다. 딱딱한 말투는 화살처럼 날아와 콕, 콕, 세희 심장으로 꽂혔다.

“아니, 무슨 말씀이세요? 쟤 뺨이 저렇게 빨개진 걸 보고도 그런 말이 나와요?”

세희 엄마가 선배 엄마에게 삿대질했다.

“그게 우리 애가 했다는 증거예요?”

어차피 라텍스 장갑 때문에 지문도 남지 않았을 테고, 집 안에 CCTV나 목격자가 있었던 것도 아니니까 버티면 된다는 논리였다.

“사람이 사람 좋아하는 게 잘못은 아니잖아요?”

선배가 피식 웃으며 말했다. 삐딱한 그 눈길이 세희에게 날아와 숨통을 조였다. 세희는 숨을 쌕쌕 몰아쉬었다.

“너도 내가 좋아서 문을 열어 줬잖아. 안 그래?”

선배가 말했다. 세희는 선배 뺨을 후려치고 싶었다. 하지만 그러지 못했다. 대신 숨을 쌕쌕 몰아쉬며 주저앉았다.

“임세희, 내 말 들려? 야, 임세희!”

다인이 목소리가 조금씩 또렷하게 들렸다. 세희는 숨을 한 번에 내뱉으며 고개를 돌렸다. 덜컹거리는 소리와 함께 몸이 흔들렸고, 다인이 세희 손을 꼭 잡고 있었다. 세희는 입 주변에 둘린

마스크를 통해 들어오는 산소를 호흡하고 있었다.

"아, 다행이다. 눈 떴네. 구급차야."

"왜?"

"너, 쓰러졌어. 괜찮아, 이제? 가방에 약병이 없더라고. 빠뜨렸어?"

세희는 입술을 바르르 떨었다. 늘 가방 앞주머니에 약병을 넣었고, 아침에도 확인했다. 그런데 누군가 가방을 건드렸다. 며칠 전에는 키링을, 이번에는 약을 뺐다. 다른 건 참을 수 있지만 약은 문제가 달랐다. 그 약이 어떤 약인지 아는 걸까? 안다면 도대체 왜? 왜? 머릿속이 복잡했고 몸은 무기력했다. 수많은 가능성과 경우의 수들을 따져 봐도 결론은 하나였다.

"사……."

"뭐라고? 잘 안 들려."

다인이 세희 쪽으로 몸을 숙였다.

"싸킹……."

싸킹이 다인을 쫓아왔다. 그리고 세희 가방을 두 번에 걸쳐 건드렸다. 싸킹이 세희를 지목했다. 다음 희생자든, 아니면 알 수 없음인 걸 알아차렸든…….

"이 자식, 내가 가만 안 둬!"

다인이 이를 갈았다. 세희는 다시 희미해지는 정신을 붙잡으려 애썼다. 지금까지 잊었던 기억이 스멀스멀 올라왔다. 자신을 쫓아온 선배, 증거가 없다며 발뺌하는 선배와 그 가족, 현관으로 들어간 영상만으로는 무리라는 경찰, 별일 아니니 넘어가자는 선생님, 선배를 꾀려다 뜻대로 안 되자 자작극을 벌인 후배 꽃뱀이 된 세희, 전학, 전학 간 학교에 도는 소문, 다시 전학, 잊기, 외로움…….

"증거를 수집해야 해. 안 그러면 말짱 꽝이야."

이 과정을 지켜본 아빠 친구가 말했다.

머리가 쪼개지듯 아팠다.

의심 + 의심

세희와 다인은 무슨 일이냐고 묻는 어른들에게 자초지종을 설명했다. 특히 부모님들은 노발대발했다. 다인 아빠는 그런 범죄가 교실에서 일어나다니 가만두지 않겠다고 고래고래 소리를 질렀고, 세희 엄마는 약병을 건드린 건 용서 못 한다며 허공을 노려보았다. 다인 엄마는 세희 이불을 말없이 토닥였고, 세희 아빠는 열받은 다인 아빠를 데리고 병실에서 나갔다.

"지금까지 이런 일들을 그냥 견뎠어? 말을 하지!"

세희 엄마가 물었다. 세희는 바짝 마른 입술을 달싹이며 겨우 말을 꺼냈다.

"증거를 모으려고……."

엄마가 울음을 터뜨렸다.

"다인아."

세희가 다인을 불렀다. 그러고는 조용히 말했다.

"싸킹이 내 약과 키링을 가져갔다는 말은 당분간 비밀이야."

"오천이랑 지현이한테도?"

"응."

"왜? 걔들을 못 믿어? 아직도?"

"잘 모르겠어……. 다인아, 내가 공황 장애 약을 먹는 걸 반에서 몇 명이 알까?"

남들 앞에서 공공연하게 약을 꺼낸 건 몇 번뿐이었다. 특히 약병이 있는 위치까지 아는 사람은 다섯 손가락 안에 들었다. 세희는 모두가 의심스러웠다. 가끔 다인까지 의심했다. 물론 세희가 다른 사람보다 의심을 많이 하고 신중한 편이긴 하지만, 썰물 게임 이후로 그 증상이 더 심해졌다.

"더는 이렇게 지낼 수 없어. 끝내고 싶어."

세희는 힘겹게 이 말을 내뱉었다.

"현장을 덮쳐야 해. 그냥 경고만 주면 절대 멈추지 않을 거야. 다시 또 할 거라고."

다인이 대답했다.

그런 복잡한 밤을 보내고 난 아침은 평소와 다르다. 집 안 공기도 서걱거리고, 걸음걸이도 조심스럽다. 새벽 시장을 나가기 전에 아빠는 괜스레 잠든 세희 얼굴을 쓰다듬었고, 아침 준비를 하던 엄마도 세희를 조심스럽게 깨웠다.

"오늘 하루 쉴래?"

"괜찮아, 엄마."

세희는 잔뜩 가라앉은 목소리로 대답했다.

"세희야, 엄마는 네가 힘들게 학교 다니는 건 싫어. 안 맞으면 그만둬. 까짓 학교 안 다닌다고 큰일 생기는 건 아니잖아."

"……."

"임세희, 엄마 말 듣고 있어?"

"생각해 볼게."

입이 까끌까끌해서 두유 한 잔을 다 못 마셨다. 새로 처방받은 약은 가방 안 소지품 가방에 넣고, 만약을 대비해서 다인에게도 알렸다.

- 괜찮아? 어제 우리 집에 걸린 생리대, 다른 집 현관에도 다 있더라. 홍보용이래.
- 그랬구나…….
- 새벽에 싸킹이 메시지를 보냈어. 오늘 저녁에 게임이 있다고.
- 봤어. 이따 이야기해.
- 아빠한테 알렸어. 도와주신대.
- 고맙다고 전해 줘.
- 그리고 세희야, 구급차에서 네가 막 중얼거렸어. 그 자식이 아직 널 따라와? 그럼 걔를 혼내야지. 스토커는 경찰에 신고해서 잡을 수 있어. 너는 피해자잖아. 그 자식을 혼내야지!
- 그래.

손가락 끝에 힘이 들어갔다. 바라던 친구를 얻었으나 또 다른 위협이 존재했다. 엄마 말대로 약을 먹어 가면서 오래 버티는 건 힘들었다. 그렇지만 관둘 땐 관두더라도 지금은 아니다. 싸킹에게 썰물 게임을 그만두겠다는 확답을 꼭 받고 싶었다. 친구에게 욕하고 따돌리는 게임을 멈추게 한다면, 세희가 빠진 뒤에도 별일 없이 3반이 일상을 이을 수 있다면, 그때 그만둬도 늦지 않았다.

교실 안팎에서 삼삼오오 이야기가 이어졌다. 공유 주방을 자주 쓰는 친구들뿐만 아니라 남혁과 지숙이 포함된 모임이 곳곳에서 자주 열렸다. 주변을 경계하고 남들이 듣지 못하게 신경 쓰고 있었지만, 대부분 같은 주제였다. 바로 오늘 열릴 썰물 게임에 대한 이야기였다.

마침 마지막 수업은 자습이었다. 남혁은 출석부를 점검한다는 핑계를 대고 교무실로, 다인은 배가 아프다는 핑계로 보건실로 갔다. 그러나 세희는 두 사람이 가는 진짜 행선지를 알고 있었다. 남혁은 이 상황을 담임에게 알리러, 다인은 학교 담당 경찰관을 만나러 갔다. 두 사람은 은밀하고 조심스럽게 움직였다.

다른 날도 그랬지만, 이번에는 모든 신경을 중식에게 맞췄다. 중식은 누구와도 말을 섞지 않았다. 심지어 짝인 서현섭에게도 가벼운 인사조차 나누지 않았다. 수업 시간에는 꾸벅꾸벅 졸았고, 쉬는 시간에는 휴대폰으로 게임을 했다. 그러다 가끔 자신에게 말을 거는 사람을 잔뜩 경계하며 쳐다보았다. 기지개를 켜면서 뒤로 몸을 돌릴 때는 세희와 두 번 눈이 마주쳤다. 세희는 당황하지 않으려 애쓰면서 눈길을 다른 곳으로 돌렸다.

종일 교실에 있으나 없는 듯 지내고, 누구하고도 엮이지 않으려고 애쓰고, 다가오는 사람들을 밀어내면서 눈길은 늘 두리번거렸다. 세희는 중식이 자신처럼 반 친구들을 관찰하고 있음을 알아차렸다. 여러 사람을 살필 때는 보지 못했던 사실이었다.

보건실에 갔다 온 다인이 툭 팔꿈치를 쳤다.

"난 이따 P에서 할 거야. 담도 거기로 올 것 같아."

둘이서 정한 암호였다.

"나도 갈까?"

"아니, 너는 집에 있어. 괜찮겠어?"

"자신 없어."

다인이 세희 어깨를 감싸 안았다. 종일 긴장으로 굳었던 어깨가 따스한 온기를 만나 살짝 노곤해졌다.

"지현이 있잖아. 오늘 알바 안 한다니까 불러."

지현은 하품하면서 몸을 쭉 펴고 있었다. 지현은 무사태평했다. 인생에서 스케이트보드 이외는 관심 없이 살았기 때문에 그 태도를 여전히 유지했다. 하지만 엊저녁에 다인이 공유 주방 단톡방에 세희 상황을 올리자 지현이 가장 먼저 괜찮으냐고 걱정했다. 그 뒤로 다인이 주도해서 작전을 짰을 때, 지현은 아르바이트하지 않는 시간에 자신을 언제든 활용하라는 문장을 올렸다. 이 모든 것이 세희가 누워 있는 동안 일어났다.

오천은 세희가 쓰러졌다는 소식에 따로 기운 내라는 메시지를 보냈다. 세희는 짧게 알았다고 대답했다. 그리고 웃는 이모티콘을 덧붙였다.

친구를 의심하는 건 오늘까지만 하고 싶었다. 앞으로는 있는 그대로 받아들이고 싶었다. 그런 친구들 앞에 세희도 당당하게 나서고 싶었다. 하지만 한번 어긋난 단추처럼 학교와 세희는 삐걱대며 헛돌았다. 갈수록 힘들고 두려웠다. 더 버틸 수 없을까 봐 무서웠다.

"괜찮아, 임세희?"

"응. 괜찮아."

다인이 옆에 있어서 다행이었다.

결전

싸킹은 11시부터 게임을 시작했다.

- 그동안 기다렸지, 썰물 게임을?

세희는 싸킹이 바꾼 프로필 사진을 유심히 보았다. 지금까지 싸킹이 사진으로 쓰던 왕관 크기가 줄어든 상태였다. 프로필 사진을 캡처하고 확대했다. 그러자 왕관이 어딘가에 찍혀 있는 로고처럼 보였다.

- 오늘도 자정까지, 규칙은 똑같아.

싸킹이 쓰는 문장은 전과 비슷했다. 싸킹이 이 문장을 쓰자마자 곧바로 댓글이 달렸다.

- 오늘도 자정까지, 3반 친구들 모두 사랑해. 그리고 나는 누군가를 욕하면서 이 시간을 보내고 싶지 않아. 그러기엔 모두가 소중한 사람들이잖아.

다인이 이렇게 글을 올리자 곧바로 지현이었다.

- 오늘도 자정까지, 아니 자정 이후까지. 다인이 말이 맞아. 나는 욕하고 헐뜯는 거 싫어. 이제 그만할 거야.

오천도 댓글을 달았다.

- 나도 싫어. 자꾸 누가 날 욕했는지 찾는 습관이 생겨서 눈치 보게 돼. 친구끼리 그러는 건 엄청 이상하잖아.

세희는 망설였다. 다인은 자신을 믿으라고 했다. 이번 썰물 게임은 전과 다를 것이며 앞으로는 이런 일이 벌어지지 않아야 한다고 했다. 그런데 초반부터 이렇게 나오면 싸킹이 썰물 게임이 시작되기 전에 채팅방을 빠져나갈 수도 있다. 씨커로 먼저 움직였다.

- 그래서, 지금 빠지겠다는 거야?

그리고 알 수 없음으로 또 글을 달려고 할 때, 다른 댓글들이 달렸다.

- 지금까지 한 건 다 뭔데 갑자기 너희들만 착한 척하기냐?

- 그러게, 졸라 재수 없네.

- 너희들이나 짜져.

흐름이 또 한 번 출렁였다. 이번에는 '알 수 없음'으로 문장을 남겼다.

- 스펙타클하네.

이쪽도 저쪽도 아닌, 모호한 표현을 썼다. 싸킹이나 다른 친구들도 알 수 없음이 어느 편인지 알 수 없도록 신경 썼다. 다인이 다시 반격했다. 왜 이런 게임을 해야 하는지 잘 모르겠다, 스트레스를 풀 방법은 여러 가지다, 한 사람한테 휘둘리는 건 진짜 이상하다……. 다인은 생각을 바꾸지 않았다. 싸킹은 곧이곧대로 이름을 쓰고 있는 다인을 조롱했고, 닉네임으로 활동하는 오천과 지현을 윽박질렀다. 아직 희생자를 지목하지 않은 상태에서 벌이는 경거망동 때문에 다음에 후회할 것이라는 충고가 불덩어리 이모티콘과 함께 올라왔다.

"다음은 없어, 이 자식아!"

세희는 자신이 내뱉는 말이 문장으로 나오지 않도록 주의했다. 심호흡하면서, 올라오는 문장들을 눈으로 살폈다.

"이따가 게임이 벌어지면 너는 캡처하지 마."

"왜?"

"내가 알아서 할 테니까. 알았지?"

다인이 당부한 말은 세희에게 여유를 안겼다. 매번 캡처하는데 시간을 할애해서 메시지들을 다 읽지 못할 때가 많았다. 선 캡처, 후 읽기가 기본이었다. 그런데 캡처하지 않으니 바로 읽었고, 생각이 곧바로 떠올랐다. 씨커는 시크했고, 알 수 없음은 중립을 지키며 상황을 지켜봤다. 그때 전화가 왔다.

"임세희, 혼자 있어?"

지현이었다.

"거실에 부모님 계셔. 왜?"

"방금 희생자를 지목했는데, 알 수 없음과 씨커야."

"알고 그러는 것 같아?"

"잘 모르겠어. 너는 괜찮아?"

"그럼, 당연하지."

지현과 통화하는 동안 또 다른 전화가 걸려 왔다. 급하게 통화를 마무리했다. 이번에는 오천이었다.

"싸킹이 알 수 없음과 씨커를 골랐어. 어떻게 할 거야?"

"뭘 어떻게 해? 난 하던 대로 할 거야. 어쨌든 둘이잖아."

"나는 뭘 할까?"

"권오천, 네가 하고 싶은 대로 해."

"……."

"우린 친구잖아. 그치?"

"그렇지."

오천이 즉각 대답했다. 세희는 확신에 찬 그 목소리에 흔들렸다. 믿지 못했던 자신이 부끄러웠고, 이 혼란에서 어떤 판단을 내려야 할지 헷갈렸다. 그러나 편을 가를 때가 아니라 위로와 응원이 필요할 때였다.

"나도 네 친구야."

"알아. 그럼, 잘 버텨. 이따 통화하자."

오천이 전화를 끊고 다인이 보낸 메시지를 읽었다. 씨커가 희생자로 지목됐으니까 잘 방어하라고 했다. 시간을 끌면 그동안 찾아낸다고 했다.

다인은 학교 전담 경찰관에게 상황을 알렸다. 그리고 부모님과 함께 경찰서에 갔고, 그곳 컴퓨터로 썰물 게임에 들어왔다. 담임과 교감 선생님도 옆에 같이 있다고 알렸다.

세희는 두 손을 깍지 낀 채 기지개를 켰다. 마지막 결전을 앞두고 긴장을 누그러뜨려야 했다. 다시 다른 사람 때문에 소중한 시간을 엉망으로 만들고 싶지 않았다. 가만있으면 지나가겠지 하고 버려둔 시간을 후회했다. 이제 몇십 분 안으로 이 모든 일을 끝낼 수 있다. 지금 필요한 건 믿음과 용기였다.

"난 혼자가 아니잖아. 싸킹, 나는 2인분이거든!"

세희는 시크한 씨커를 내려놓고, 알 수 없음으로만 상대했다. 오픈 채팅방은 욕설과 비난, 그에 맞서는 문장들이 뒤엉켜 싸웠다. 문장이 칼과 활로 변해 상대방을 찌르고 후벼팠다. 서로가 쓰는 문장에는 보호막이나 방패가 없었다.

– 니들 유치뽕짝! 그만하라고, 안물안궁이라고.

글이 사람을 닮는다는데, 정말 지현과 똑같았다.

– 가나다라마바사아자차카타파하

오천은 사전을 처음부터 끝까지 칠 작정인 듯했다. 가에서 하까지 늘어놓은 다음에는 'ㄱ'으로 시작하는 단어들을 하나씩 올렸다. 욕설이 쏟아지든 말든, 또박또박 단어들이 쌓였다.

난도질당하는 씨커는 가끔 '싫어.'라는 글을 올렸다. 그러는 동안 세희는 메모장에 같은 문장을 여러 번 복사해서 붙였다. 여러 줄을 완성한 뒤 다시 복사해서 붙이기를 한 번 더 한 다음, 그 글 전체를 복사했다. 그러고는 알 수 없음으로 글을 올렸다.

– 비겁한 싸킹! 비겁한 싸킹! 비겁한 싸킹! 비겁한 싸킹! 비겁한 싸킹! 비겁한 싸킹! 비겁한 싸킹! 비겁한 싸킹! 비겁한 싸킹! 비겁한 싸킹! 비겁한 싸킹! 비겁한 싸킹!

알 수 없음은 다른 문장을 거들떠보지 않았다. 오직 이 문장으로만 승부를 걸었다. 싸킹이 벌이는 행동에 대한 항의이자 친구들을 지키기 위한 방패였고 보호막이었다. 지현이 알 수 없음이 쓴 글을 복사해서 쓰기 시작했고, 곧이어 오천과 다인이 따라 했다. '칼세'와 '띠리럽', '능지'와 '이카빠'가 알 수 없음이 쓴 글을 복사했다.

화살로 변해 날아오던 욕은 벽에 부딪혔고, 찌르던 칼날이 무뎌졌다. 욕설은 벽에 부딪혀 고립되고 그 자리에 쌓였다. 싸킹은 분노했고 단전에서 끓어오른 욕들을 손가락으로 발사했다. 저벅저벅, 자신을 향해 다가오는 벽을 무너뜨리기 위해 싸킹은 긴 창을 휘둘렀다.

11시 50분, 알 수 없음이 승부수를 던졌다.

– 난 네가 누군지 알아, 싸킹. 넌 내가 누군지 아니?

싸킹 대신 다른 이가 반응했다.

- 누군데, 싸킹이?

- 정말 알아?

- 지금 말해 봐, 누군데?

- 너 개구라치면 죽는다.

- 뻥이지?

- 잘한다, 알 수 없음!

싸킹은 알 수 없음 대신 씨커에게 창을 겨눴다.

- 약쟁이 주제에!

세희는 바들바들 떨리는 손을 비비며 심호흡했다. '괜찮아, 괜찮아, 이제 곧 끝나. 버텨야 해. 여기서 무너지면 안 돼.' 길게 내뱉으면서 씨커로 한마디를 날렸다.

- 비겁한 싸킹! 비겁한 싸킹! 비겁한 싸킹! 비겁한 싸킹! 비겁한 싸킹!

비겁한 싸킹! 비겁한 싸킹! 비겁한 싸킹! 비겁한 싸킹! 비겁한 싸킹!
비겁한 싸킹! 비겁한 싸킹!

11시 55분, 채팅창에 닉네임 '이카빠'가 글을 남겼다.

- 오늘 게임은 종료합니다.

자정이 되기 전에 게임창이 닫혔다. 그리고 휴대폰이 울렸다.

"나야, 편다인. 괜찮아?"

"무슨 일이야?"

"이카빠가 우리 샘이야. 싸킹을 잡았대."

"누군데?"

다인이 말한 이름은 중식이나 오천이 아니었다. 탁정권, 한 번도 세희가 의심하지 않았던 사람이었다. 정권은 친구들과 스스럼없이 지냈고 특별히 사이가 안 좋은 친구가 없을 정도로 무난한 편이었다. 공부도 곧잘 하는 편이었다.

"누구라고?"

"나도 놀라서 말이 안 나오더라. 그런데 샘이 이 사실을 어떻게

처리해야 할지 고민 중이래. 애들한테 소문내지 말라고 하시더라."

"알겠어."

"세희야, 덮겠다는 뜻은 아니랬어. 학교가 이 일을 어떻게 해결해야 할지 경찰하고 상의한대. 그러니까 걱정하지 말고 푹 자."

"너도."

전화를 끊고 나자 눈물이 쏟아졌다. 중식과 오천을 오해하고 지현과 다인까지 온전히 믿지 않은 자신이 한심했다. 싸킹이 누구였든, 친구를 믿어야 했는데……. 싸킹이 친 덫에 걸려 의심을 피웠고, 그 의심이 또 다른 덫이 되어 세희를 잡았다.

알 수 없음, 씨커, 세희는 펑펑 울었다.

휴대폰 두 개가 연신 진동했지만 받을 수 없었다. 미안해서, 부끄러워서 견딜 수 없었다.

다음 날

아침부터 삼삼오오 모여서 수군거렸다. 평소 썰물 게임이 끝난 다음 날에는 희생자가 마지막까지 어떤 모습으로 버텼는지, 싸킹과 희생자는 어떤 연관 고리가 있는지 추측했다. 이런 이야기에는 한 가지 조건이 있었다. 나는 희생자가 아니며, 다른 누군가가 희생자라는 것이다. 설령 자신이 희생자라 할지라도 절대 드러내지 않도록 주의했다. 그건 세희도 마찬가지였다. 싸킹이나 썰물 게임이라는 단어를 들으면 피가 거꾸로 솟구치고 얼굴이 달아올랐지만, 피곤한 듯 엎드리면서 표정 변화를 감췄다.

그러나 이번에는 달랐다. 썰물 게임을 종료시킨 이카빠가 누군지, 왜 평소보다 일찍 게임이 끝났는지를 알고 싶어 했다. 그뿐만 아니라 소곤거리는 목소리도 조금 더 컸다. 싸킹에게 들키지 않게 조심하는 건 여전했지만, 낯선 존재에게 싸킹이 제압당한 경험을 공유하려 했다.

"어떻게 했을까? 혹시 이카빠와 알 수 없음이 싸킹을 해킹했나?"

"우리 반에 해커가 있다고? 그랬으면 진작 싸킹과 싸웠겠지. 난 싸킹이 해커인 줄 알았는데……."

"그런데 약쟁이는 또 무슨 소리야, 누가 마약이나 본드를 한다고?"

"아, 씨커?"

간밤에는 본격적으로 썰물이 시작된 이후에도 대부분 빠져나가지 않았다. 많은 사람이 지켜본 만큼 공유할 이야기도 많았다. 3반 구성원들 대부분은 그동안 비슷하던 패턴이 달라진 이유를 알고 싶었다.

세희는 탁정권 자리를 지켜보았다. 정권이 자리는 비어 있었다. 가방은 있으나 가방 주인은 보이지 않았다. 그 이후 상황을 모르는 다인도 빈자리를 기웃거렸다. 등교하자마자 가방을 내려놓고 사라진 정권이 어디에 있는지 아무도 몰랐다. 싸킹과 이카빠에 진심인 사람들은 빈자리에 대해 추측했다. 정권이 둘 중 하나라는 의견이 나오긴 했지만, 싸킹이라고 단정하는 사람은 드물었다.

담임은 조례하지 않는 대신 3교시와 4교시에 들어온다며 남혁에게 대신 전했다. 3교시는 수학, 4교시는 체육이었다. 담임은 영어 교과를 맡고 있다.

"3교시까지는 아무 생각하지 마."

다인이 손을 바들바들 떠는 세희에게 말했다. 교실에서 '약쟁이'라는 말이 툭툭 튀어나와서 약을 먹지 않고 버티는 중이었다. 그러나 생각보다 불안과 공포가 세희를 누르는 힘이 강했다. 보다 못한 다인이 세희 가방을 자기 무릎에 놓고 가방 안에서 약병을 꺼냈다. 그러고는 알약 하나를 꺼내 손바닥으로 감쌌다. 세희는 다인이 건네준 알약을 만지작거렸다. 횡격막이 불규칙하게 오르락내리락하는 정도가 위태로웠다. 지현이 다가와 세희를 빤히 보았다.

"쓸데없는 말에 휘둘리지 마."

세희는 고개를 끄덕였다. 그러고는 호흡이 더 빠르고 불규칙해지기 전에 알약을 입에 넣었다.

"어디 아파, 임세희?"

지숙이 물었다.

"몸살이래."

다인이 둘러댔다.

정권은 3교시 직전에 교실로 돌아왔다. 머리는 부스스했고 의자 곳곳에 압정이 깔린 듯 엉덩이를 들썩였다.

3교시에 담임은 경찰관과 함께 교실로 들어왔다. 교실에는 긴장감이 맴돌았다. 담임이 먼저 입을 열었다.

"어제, 나는 여러분이 하는 엄청난 게임에 함께했습니다."

담임이 입을 열자 대부분 고개를 숙였다. 어디선가 "아 씨, 큰일 났다."라는 혼잣말이 흘러나왔다.

"친구들끼리 욕하고, 한 사람에게 집중해서 모욕을 주는 일이 두 달 넘게 이어졌다는 사실을 며칠 전에 처음 들었습니다. 처음에는 믿지 않았죠. 사이버 불링, 뭐 그런 단어를 듣긴 했지만, 우리 반에서 실제로 일어났다니! 그래서 이 일을 더 파고 들어가려 합니다. 경찰관께서는 이 일을 사이버 폭력이라고 하셨어요. 여러분이 한 행동에 대해 경찰관이 두 시간 동안 제대로 알려 주실 겁니다."

담임이 뒤로 한 발짝 물러섰다. 경찰관이 거수경례한 다음, 모니터 화면으로 PPT를 띄웠다.

“여러분은 사이버 폭력에 가담했습니다. 현재 경찰은 싸킹의 신변을 확보했고, 지금까지 게임에서 일어난 모든 자료를 갖고 있습니다.”

끙끙 앓는 소리, 한숨 소리, 놀라는 소리가 한꺼번에 나왔다. 경찰관은 조용해지길 기다렸다가 다시 말을 이었다.

“지금부터 사이버 폭력이란 무엇인지, 지금까지 여러분이 했던 행동들은 어디에 해당하는지 같이 살펴보겠습니다.”

PPT가 한 장씩 넘어갈 때마다 3반 친구들 낯빛이 어두워졌다. 탁정권은 모니터를 힐끔거리며 열 손가락으로 머리를 쥐어뜯곤 했다. 그리고 힐끔거리며 반 친구들을 돌아보았다. 불안하고 날 선 눈빛이었다.

“한 가지 중요한 사실을 여러분에게 알릴까 합니다. 애초에 이 게임을 시작한 사람이 가장 큰 잘못을 했지만, 사이버 공간에서 같이 욕설을 한 사람들도 모두 가해자입니다. 여러분들이 참가한 썰물 게임은 총 27회 열렸고, 피해자가 겹치는 경우를 제외한다면 처음부터 게임에 참가하지 않은 두 명을 제외한 사람들이 가해자입니다.”

경관이 던진 말은 폭탄 같았다. 숨죽여서 자료를 보던 아이들이 술렁거렸다.

“말도 안 돼요! 나는 싸킹이 아니라고요!”

신승희가 벌떡 일어났다.

“맞아요. 나도 아네요. 우리는 싸킹에게 끌려다녔을 뿐인데, 왜 우리가 가해자라는 겁니까? 가해자는 그 자식이에요. 여잔지 남잔지 모르는 그 싸킹 자식!”

서현섭이 승희 의견에 큰 소리로 덧붙였다.

승희와 현섭이의 목소리에 맞는 말이라는 목소리가 여기저기서 더해졌다.

“여러분!”

담임이 이 소동을 제지했다.

“여러분들이 그렇게 생각할 수 있습니다. 물론 썰물 게임을 주도한 학생은 그에 합당한 벌을 받을 겁니다. 그리고 여러분들도 마찬가지입니다.”

그러나 한 번 치기 시작한 파도는 다음 파도를 몰고 왔다. 애초에 싸킹이 시작하지 않았다면 흔들리지 않았을 것이며, 장난으로 시작한 게임이었다고 주장하는 의견이 힘을 받았다. 교실이 들끓기 시작했다. 억울하고 분하다는 의견이 대부분이었다. 거기에 싸킹 때문에 벌어진 일을 덤터기 쓸 수 없다는 의견이 큰 파도를 만들었다.

“학교 폭력 예방법 제2조 3호에 따르면!”

경찰관이 목소리 톤을 높여서 말했다. 힘이 실린 목소리에 법을 언급하자 파도가 차르르 주저앉았다.

“사이버 따돌림이란 인터넷·휴대 전화 등 정보 통신 기기를 이용하여 학생들이 특정 학생들을 대상으로 지속적, 반복적으로 심리적 공격을 하거나, 특정 학생과 관련된 개인 정보 또는 허위 사실을 유포하여 상대방이 고통을 느끼도록 하는 일체의 행위를 말합니다. 그럼 여러분들은 이런 행위를 하지 않았다는 뜻입니까? 맞서 싸우거나 하지 말라고 제지하지 않았죠. 여러분이 피해자였던 적도 있습니다. 하지만 가해자였던 때도 있죠. 저는 그걸 말하는 겁니다. 과연 여러분은 가해자였던 때가 없었나요?”

띄엄띄엄 구시렁거리는 소리가 났지만, 조금 전처럼 큰 소리로 반발하진 못했다. 모두가 피해자인 동시에 가해자였기 때문에 자유롭지 못했다. 알 수 없음은 댓글을 달지 않을 때가 많았지만,

싸킹에게 불려 온 씨커는 욕을 한 적이 있다.

"현재 이 사건은 경찰서 사이버 수사팀의 정식 조사 대상입니다. 그리고 학교 폭력 대책 심의 위원회에서 다룰 것입니다. 오늘 제가 온 것은 이 사실을 알리고, 여러분 모두가 조사 대상이라는 점을 알리기 위해서입니다."

경찰관은 감정이 실리지 않은 건조한 말투로 사실을 전달했다.

"그리고 싸킹이라는 학생이 친구들을 따돌림 대상으로 만드는 게임을 기획하고, 자신을 막아서는 친구들의 사물함을 부수고, 가방을 찢었고, 실내화를 버렸으며, 친구의 약을 감춰 위험에 빠뜨린 것은 심각한 사안으로 판단합니다."

다시 술렁거림이 잔물결처럼 일었다. 얼마 전 일어난 소동들을 모두 알았고, 그 또한 싸킹이 벌였다는 사실에 놀랐다.

이맛살을 찌푸린 담임이 말했다.

"사이버 세계에서 상대방이 보이지 않는 것을 악용하는 것은 큰 잘못입니다. 보이든 보이지 않든 우리는 상대방을 배려해야 합니다. 그래야 내가 곤란에 처했을 때 다른 사람에게 도움을 받을 수 있는 겁니다. 여러분은 인간에 대한 예의를 망각했습니다. 이건 수업 두 시간을 빼서라도 여러분에게 꼭 알려야 할 중요한 가치입니다."

소란이 완전히 잦아들었다.

"이런 장난은 절대, 하면 안 됩니다."

4교시를 마치는 종이 울렸다. 침묵이 무겁게 내려앉은 교실을 바라보며 경찰관이 다시 경례했다. 그러고는 먼저 교실을 떠났다. 담임이 그 뒤를 따랐고, 누군가 흐느꼈다. 다른 반 학생들이 복도로 나왔다. 그러나 3반에서는 자리를 지키는 사람들이 훨씬 더 많았다.

"괜찮아?"

책상에 엎드린 세희에게 다인이 걱정스럽게 물었다.

"괜찮아. 잘못했으면 책임을 져야지. 그게 맞아."

"임세희, 너는……."

"나도 잘못했어. 너도 알잖아?"

세희는 변명하고 싶지 않았다. 자신이 쓴 문장으로 다친 친구들 얼굴이 아른거렸다. 싫으면 싫다고 말했어야 했다. 싸킹에게 끌려다녔던 지난 시간을 후회했다. 잘못은 고쳐야 한다. 그래야 같은 일이 반복되지 않는다.

"다인아, 그 CCTV 말이야. 우리 현관에도 설치할 수 있지?"

“그럼! 내가 도와줄게. 확실한 증거 찾을 수 있게.”

세희는 천천히 몸을 일으켰다.

“정말 고마워.”

이제는 괜찮겠지, 이만하면 됐겠지 하면서 버텼다. 하지만 선배는, 아니 가해자는 멈추지 않았다. 전학을 두 번 갔고, 이사도 했지만, 용케 세희를 다시 찾아냈다. 세희는 필사적으로 도망 다녔다. 기억을 지우고 누군가 쫓아오지 못하도록 애썼다. 이제 그런 방법으로는 멈출 수 없다. 다른 방법이 필요했다. 싸킹을 멈추게 했듯 가해자가 나쁜 행동을 멈추게 해야 한다. 세희는 주먹을 꽉 쥐었다.

에필로그

아침부터 마음이 바빴다. 가방에 하나둘씩 물건을 챙겨 넣으면서 콧노래를 불렀다. 엄마는 용돈을 두둑하게 줬고, 아빠는 끝나는 시간에 데리러 가겠다고 했다.

"친구들이랑 올 거야."

"그래도 데리러 갈게."

"아빠, 한 차로 안 돼. 수가 좀 많거든. 나 포함해서 다섯 명이야."

"아, 그럼 버스 두 정거장 전에 전화해. 알았지?"

세희는 고개를 끄덕였다. 이젠 걱정할 일이 없을 텐데, 아빠는 여전히 돌다리도 두들겨 보고 건너듯 세희를 지키고 있다.

두 달 전, 현관에 설치한 CCTV에 선배가 찍혔다. 사흘에 한 번씩, 주말에는 더 긴 시간을 서성거렸다. 아빠는 분노했고, 엄마는 목소리를 높였다. 세희는 차갑고 가라앉은 목소리로 확실한 증거를 잡았다고 했다. 스토킹이 범죄니까 선배가 자신이 저지른 잘못에 책임져야 한다. 세희는 더 이상 참거나 숨고 싶지 않았다. 싸킹에게 맞서듯 선배도 죄 값을 치루게 하고 싶었다.

선배의 부모는 세희를 찾아와 선처해 달라고 했다. 하지만 세희와 부모는 딱 잘라 거절했다.

"원하시던 증거, 보셨죠? 더 이상 괴롭히지 마세요. 하실 말씀은 경찰에게 하시죠."

아주 오랜 시간 동안 세희를 옭아맨 올가미 하나가 툭 끊어졌다.

3반 교실에도 돌풍이 불었다.

싸킹이 탁정권이라는 사실은 금세 알려졌다. 정권은 지현의 추측대로 보드를 탔다. 초등학교 때부터 탔다고 한다. 정권은 멱살잡이를 당했고 숱한 드잡이와 삿대질을 겪었다. 덤덤하던 정권은 정학 처분을 받자 무너졌다. 장난이었다고 외치는 정권에게 세희는 다른 사람을 몸과 마음으로 짓밟는 장난은 절대 하면 안 된다고 힘주어 말했다. 다인을 제외한 친구들은 모두 교내 봉사 활동을 해야 했다.

이제 상담 시간에 웃을 수 있을 만큼 불안이 줄어들었다. 약을 덜 먹었고, 상담 기간도 늘어났다. 특히 공황 증세가 나타나면 친구들이 알아차리고 약을 찾았다. 마음이 아프다는 사실을 감추지 않자 거짓말처럼 불안이 한 발짝 물러섰다. 그래서 세희는 조금씩 더 불안을 떨어뜨리는 시도를 하기 시작했다. 음악을 듣기 시작한 것도 그중 하나였다.

다인이 좋아하는 노래를 작은 소리로 따라 듣다가 조금씩 소리를 키웠다. 친구들과 함께 노래방을 간 첫날에는 귀마개를 꼈지만, 조금씩 귀마개를 빼는 날이 늘었다.

"내가 너 때문에 맘껏 지르지 못하는 건 아쉽지만, 친구니까 봐준다."

헤비메탈을 좋아하는 지현이 투덜거렸다.

"미안."

"미안할 일도 쌨다."

지현은 피식 웃으면서 노래를 골랐다.

노래방을 여러 번 들락거리면서 세희는 자신이 좋아했던 밀라의 노래를 불렀다. 가슴이 쿵쿵 떨렸다. 반주에 맞춰 노래를 부르다니 꿈만 같았다.

그리고 다인이 단톡방에 링크를 보냈다.

- 임세희가 좋아하는 밀라, 우리나라에 온대. 5분 안에 매진된다니까 다들 광클!

그러자 친구들이 댓글을 차례로 달았다.

- 나 진짜 이런 거 해 보고 싶었어.
- 나도. 그 가수 팬들은 떼창으로 유명하던데. 우리도 그 대열에 끼는 거야?
- 그런데 그런 떼창은 어떻게 하는 거야? 진짜 궁금해.

다인이 답을 달았다.

- 일단 가사를 다 외워야 해. 그리고 낄끼빠빠 알지?

떼창을 잘하려면 가수가 주 멜로디를 부를 때 빠지고, 코러스가 필요한 부분에서는 요령껏 끼어들어야 한다는 의미였다. 예매하는 날, 지현과 오천, 다인과 중식, 세희는 피시방에서 한 자리씩 차지하고 앉았다. 다인이 알려 준 요령대로 미리 회원 가입을 하고, 결제창도 띄우고, 결제 시간이 되자마자 광클을 해서 모두 예매에 성공했다.

여전히 드럼 소리와 강한 비트는 세희를 불안하게 했지만, 공황 증상이 심각하진 않았다. 아주 가끔, 불현듯 증상이 나타나면 당황하지 않고 약을 먹었다. 친구들이 옆에서 세희를 챙겼다. 오천은 앞주머니에서 약을 찾았고, 중식은 생수병 뚜껑을 따서 내밀었다. 지현과 다인은 세희를 쓰다듬고 같이 심호흡했다.

불안을 잠재우는 데는 약보다 더 좋은 것들이 많았다. 친구가 그랬고 노래도 한 부분을 차지했다. 물론 어떤 노래는 아직 힘들었지만, 듣고 즐길 수 있는 노래가 점점 늘었다.

드디어 기다리던 공연이 시작되었다.

세희는 콘서트홀 앞에서 기다리는 지현과 오천, 다인과 중식을 만났다.

"임세희, 일찍 다녀라. 응?"

지현이 투덜거렸다.

"미안, 내일 내가 팥빙수 쏠게. 얼른 들어가자."

다인이 세희에게 작은 봉투를 건넸다. 봉투 안에는 종이비행기가 몇 개 들어 있었다.

"이따 공연할 때 날린대. 팬 카페에 공지가 떴더라고."

"나도 접어 왔어. 아주 많이!"

세희는 빵빵한 가방을 팡팡 두드렸다. 그러고는 종이비행기를 친구들에게 나눴다. 앞자리에 앉은 팬클럽에서 비행기를 날리면, 그걸 신호로 함께 비행기를 날리기로 했다. 바람을 가르고 나르는 비행기가 가수나 세션에게 닿을 때 다칠 수도 있으므로 앞부분을 뭉툭하게 한 번 더 접는 건 필수 사항이었다.

"한다!"

불이 꺼졌다. 그리고 쿵쿵쿵, 음악이 울렸다. 요란한 함성이 터지고 스포트라이트가 켜졌다. 반짝이는 재킷을 입은 가수, 밀라가 무대에 올랐다. 세희는 입을 헤 벌린 채 무대를 지켜보았다. 그동안 밀라가 부른 노래를 떼창으로 따라 부르는 관객들을 영상으로 숱하게 보았다. 두루마리 휴지를 무대로 던지는 장면은 장관이었다. 흰 휴지가 긴 천처럼 나부끼며 객석을 넘어 무대까지 출렁거렸고, 휴지가 만든 파도는 밀라를 울렸다. 그런 관객 무리에 세희도 끼고 싶었다.

공연이 시작되었다.

처음에는 입만 달싹거렸다. 입을 떼서 노래를 따라 부르기에는 반주 소리가 너무 컸다. 쿵쿵쿵, 리듬을 타고 울리는 소리가 온몸을 진동했다. 심호흡하면서 공연을 지켜보던 세희는 목청을 돋우는 지현을 발견했다. 밀라는 자기 취향이 아니라며 손사래를 쳤던 지현이 누구보다 열심히 공연을 즐기고 있었다.

공연이 막바지에 다다를 즈음, 앞에서 누군가 종이비행기를 날렸다. 그 비행기를 신호로 객석에서 종이비행기들이 날았다. 어둠에 묻힌 관객석 위로 노란 종이비행기들이 빛처럼 날아서 밀라에게 다가갔다. 노래를 부르던 밀라는 가슴을 부여잡았다. 세희도 똑같은 자세를 취했다.

"아파?"

다인이 걱정스럽게 물었다.

"아니야. 좋아서 그래."

얼마나 좋은지 표현할 단어가 부족했다. 세희가 알고 있는 모든 미사여구를 이 순간을 위해 끌어오고 싶었다. 심장이 쿵쿵쿵 뛰는 소리가 세희에게 힘을 불러일으켰다. 두려워하지 않고, 불안에 떨지 않고, 좋아하는 사람들과 즐겁게 살고 있다는 안도감이 세희를 감쌌다. 쿵쿵, 괜찮아, 쿵쿵쿵, 괜찮아, 쿵쿵 쿵쿵쿵, 괜찮아……. 더 이상 음악이 세희를 찌르지 않았다.

세희는 종이비행기를 힘껏 날렸다. 그리고 큰 소리로 노래 불렀다. 비행기는 포물선을 그리며 앞으로 나아갔다. 그러다 무대에 닿지 않고 떨어지면, 앞자리에 앉은 사람이 주워서 다시 날렸다. 하늘을 날다가 떨어지는 종이비행기도 다시 날아오를 수 있다. 혼자라면 힘들 것 같은 일도 누군가 옆에 있다면 할 수 있다. 세희는 몇 번씩 다시 날아올라 무대로 다가가는 종이비행기에 눈길을 고정했다.

밀라는 앙코르로 세 곡을 불렀다. 마지막 곡은 세희가 특히 좋아하는 곡이었다. 노래방에서 가장 많이 불렀던 노래였고, 친구들도 다 알았다. 세희와 친구들은 낮고 높은음으로 각자 그 노래를 따라 불렀다. 이 노래는 떼창을 코러스처럼 부르는 다른 밀라 팬들의 노래에 녹아들었다. 낯선 사람들이 모두 한 노래를 따라 부르는 광경에 밀라는 다시 가슴을 두 손으로 눌렀다. 곧이어 손가락 하트를 날리며 크게 허리를 꺾어 인사했다.

공연장을 나서는 발걸음이 한층 가벼웠다. 종이비행기로 가득했던 가방은 홀쭉해졌지만, 마음에는 파도처럼 밀려온 감동이 가득했다. 세희는 가방 앞주머니를 열어 약병을 꺼냈다. 싸킹이 공격했을 때 빠르게 비었던 약병은 반 넘게 남아 있었다. 달그락 달그락, 알약이 병 안에서 부딪혔다. 세희는 공연장 입구에 있는 휴지통에 약병을 버렸다.

"괜찮아, 임세희?"

다인이 물었다.

"완전!"

누군가 날린 종이비행기가 공연장을 벗어나 바람을 가르며 날아올랐다. 세희는 비행기를 따라 달리기 시작했다. 쿵쿵쿵, 심장이 힘차게 뛰었다.

작가의 말

학교 다닐 때 왕따를 당한 적이 있었다. 어떤 친구가 나를 미워하고 싫어해서 사사건건 트집을 잡았고, 그 친구를 좋아하는 친구들이 나를 따돌렸다. 그 후유증은 아주 오래 남았다. 한동안 사람들이 나를 미워하고 싫어하지 않을까 눈치를 보았고, 다시는 그런 대접을 받고 싶지 않아서 나를 드러내는 행동을 하지 않았다.

그때 경험은 내게 트라우마로 남았다. 시간이 훨씬 지난 이후에 나를 따돌렸던 친구를 만났는데, 그 친구는 전혀 기억하지 못했다. 나는 내가 힘들게 보낸 시간이 억울했다. 이후로 그 친구를 몇 번 더 만났지만 살갑게 대하는 그 친구에게 나는 데면데면했다. 그리고 시간이 더 지난 뒤, 어쩌다 다른 사람에게 그 친구 이름을 들었을 때 아주 낯선 이름과 마주한 듯했다. 분명히 한 반에서 생활했고, 졸업한 뒤에도 몇 번을 만났는데도 전혀 기억나지 않았다.

비슷한 경험을 또 다른 사람에게서 받은 적이 있다. 나는 그 사람에게 상처를 심하게 받아서 며칠을 앓았다. 그 뒤로 그 사람 이름과 얼굴을 아예 잊고 살았다. 누군가 그 사람 이름을 들먹였을 때, 나는 그게 누구냐고 되물었다.

살아온 만큼 모든 것을 기억한다면 뇌 용량이 버텨내지 못할 테니, 힘들고 괴로웠던 기억은 지우고 되도록 행복하고 좋았던 기억만 남기고 싶었을 것이다.

그러나 남을 아프게 한 사람이나 괴롭힌 사람에게는 그 기억이 지워지지 않길 바란다. 오랫동안 곱씹으면서 자신이 한 잘못을 돌이키길 바란다. 자신이 장난처럼 벌인 일이 피해자에게는 얼마나 큰 고통으로 남는지 알아야 한다. 그리고 진심으로 뉘우치길 소망한다.

이 글에서 다룬 사이버 불링이나 스토킹을 비롯해서 또 다른 범죄들이 학교와 학교 밖에서 일어나고 있다. 우리는 그 사건에 맞서야 하고, 피해자를 도와야 한다. 적어도 방관자는 되지 않아야 한다. 내 친구가 세희처럼 힘들어하지 않도록, 내가 세희가 되지 않도록 손을 잡았으면 좋겠다.

내가 힘들 때도 친구들이 옆에 있었다. 그들은 힘들어 하는 나를 위로했고 손을 잡아 주었다. 그 힘으로 버텨왔다. 힘든 기억을 잊고 행복한 기억으로 나아갈 수 있게 나란히 걷는 사람들을 기억한다. 여러분에게도 그런 친구들이 많기를 바란다.

학교 폭력 신고는 학교와 경찰을 통해 할 수 있다. 담임 교사, 전문 상담 교사, 학폭 책임 교사 등에게 상담하고 신고할 수 있으며, 학교 밖에서는 국번 없이 117로 전화나 문자로 신고할 수 있다. 또한, 푸른나무 재단(청소년 폭력 예방 재단)에 1588-9128 전화로 학교 폭력 상담을 할 수 있다. 학교 폭력으로 어려움을 겪는 사람들에게 도움을 줄 방법은 열려 있다. 그러니 혼자 끙끙 앓지 말았으면 한다.

마지막으로, 이 글을 쓰는데 《혹시 최우성 장학사만큼 학폭을 아시나요?》(최우성 편저, 엄마수첩)와 《현직 경찰관이 알려주는 학교폭력 대처법》(이상희, 굿위즈덤)을 참고했다.